KURO HARU MAKERS

sunagi izumo
touma kisa

クロハル メイカーズ

恋と黒歴史と青春の作り方

C　T　E　R　S

［登場人物］

澪木湊介［みおぎ・そうすけ］

高校2年生。創造部部員。自称、ハイパー・クリエイト・プロデューサー。

星月比香里［ほしづき・ひかり］

高校2年生。転校生。お嬢様高校から転校してきた。

楠瀬菜絵［くすのせ・なえ］

高校2年生。湊介の幼なじみで創造部部員。イラスト担当。サブカル漫画好き。

J MAKERS

C H A R A

桃栗みとせ［もも くり・みとせ］

高校3年生。創造部部長。3DCG担当。クリーチャーが大好き。

武見千春［たけみ・ちはる］

高校1年生。創造部部員。ユーチューバー。チャンネル登録者数は少ない。

日向夏若葉［ひゅうがなつ・わかば］

高校1年生。創造部部員。ネット声優。ロボットアニメやヒーローものが大好き。

KUROHAR

第一章　世界の終わりとクソフラシツボドリル

今、人類はかつてない滅亡の危機に瀕《ひん》していた。

ある日突然、世界同時多発的に土の中から現れた『クソフラシツボドリル』という怪獣が、人類の生活圏を蹂躙《じゅうりん》していったからだ。

クソフラシツボドリルは、基本的には齧歯類《げっしるい》が変異した生物だと考えられており、モグラのような形状をしている。鼻面《はなづら》には硬質な円錐《えんすい》状のドリル部を持ち、逆に臀部《でんぶ》は壺《つぼ》のように膨《ふく》れ上がっている。ただ生物として一種異様なのは、その臀部に肛門《こうもん》が七つ、環状《かんじょう》に広がっていることだった。

クソフラシツボドリルは、人工物や自然物、はたまた生き物の生死を問わず、あらゆるものを咀嚼《そしゃく》しながら地表を這《は》い進み、噴水のように尻からクソを撒《ま》き散らし、人類が築き上げた文明を僅《わず》か七日間で糞尿《ふんにょう》に変えてしまった。

人呼んで――クソの一週間。

そして、世界に生き残った人類は、僅かに五人。

この場所――都内にある私立高、比良坂《ひらさか》高校に通う高校生五人だけだった（もっとも、諸事情により今この部屋にいるのは四人だったが）。

「くそっ、こんなことになってしまうなんて……！　俺たち人類は、ここで最後の時を迎えるしかないというのか……！」

俺――二年生である澪木湊介《みおぎそうすけ》は、怒りに震《ふる》える手でテーブルを叩《たた》いた。机上に乱雑に並べられたマグカップが軽く宙に飛び上がる。

「諦《あきら》めないで、湊介くん。わたしたち、まだ生きてるじゃない。生きてさえいれば、まだ逆転の目はあるわよ。そう、希望は残っているの。どんな時にも」

そんなエヴァのカヲル君みたいなことを言いながら、ちらちらと心ここに在《あ》らずといった様子で宙空を見ているのは、三年生で部長の桃栗《ももくり》みとせ先輩だ。

みとせ先輩がいったい何を見ているのかと思って視線の先に目をやると、そこには我が部活が誇る、巨大なフィギュア収納用ガラスケースがあった。

たぶんそれを鏡代わりにでもしているのだろう。しきりに自慢のゆるふわセミロングヘアーを整えたり、ぱちぱちとウインクをしたり、無駄に肉感的な身体《からだ》をくねらせてシナを作ったりしている。

「……よし」

そう小さく呟《つぶや》くと、みとせ先輩の身体は、最終的に奇妙な角度で落ち着いた。椅子《いす》に座りながらも、顔と身体がてんで別々の方向を向いている。

「……みとせ先輩、どこを見てるんですか？」

俺は小声で尋ねた。この程度の会話なら、後で切ればいいだろう。

「わたし、この角度が一番自信あるかなーって」

「不自然なのでちゃんと机に向かってください」

「えー……だって声優さんの写真とかも、いつも不自然に同じ角度でしか写ってないことがあるじゃない？」

「それは言っちゃダメ！」

積極的にオタク界の闇《やみ》に触れようとするみとせ先輩の発言に、俺は叫びたい気持ちを堪《こら》えて小声でツッコミを入れる。

――その時だった。

「あっ、ああああ～！　あああああ～！」

一年生の武見千春《たけみちはる》が、いきなり奇声を上げながら、大げさに地面に崩れこんだ。鮮やかな金色のショートヘアが、花弁のようにふわりと開き、閉じる。

「どうしたんだ、千春！」

「あああっ……もうおしまいだ……ボクたちの人生は、ここで終わりなんだ……！　無残に、クソまみれになって死ぬしかないんだあああっ！」

倒れ込んだままそんな悲壮感いっぱいの言葉を仰々《ぎようぎよう》しく言い放った千春は、おーいおいおいと泣き叫びながら床を何度も叩《たた》いた。

「ボクの可哀想《かわいそう》な人生は、ノー・ファックでフィニッシュなんだあああ！　神よ！　あなたはなぜこんな無慈悲《むじひ》なことをなさるのですか！　もしも願いを聞いてくださるのなら！　一度でいいからヒカキンを超えてみたかったあああ！　そんなボクのYoutubeチャンネルは！『ちはるんTV』で検索してほしかったあああ！　そして、よければ動画の最後にチャンネル登録をしてほしかったあああ！　あとそれからそれからあああ……！」

神への悲痛な嘆きに見せかけて、狡猾《こうかつ》に自分のYoutubeチャンネルの宣伝を長々と始めた千春に対し、俺が教育的指導をしなければと考えていると――

「――千春、くどい」

壁際に立っていた俺と同じ二年生の楠瀬菜絵《くすのせなえ》が視線を向け、光よりも速く、刃《やいば》よりも鋭く、氷点下以下の冷たさで千春に釘を刺した。

「ひっ！」

その有無をも言わせぬ迫力に、千春の嘘《うそ》泣きも一瞬で引っ込んだようだった。

そして菜絵は、短く切り揃《そろ》えられた黒い前髪を少しだけ揺らし、また静かに壁に背を付ける。

外見的に見れば、折れそうなほど細い四肢を持つ菜絵であったが、その発言はいつも凄《すさ》まじい豪腕で的確に人の心を折っていった。

そう、俺は幼《おさな》なじみだからよく知っている。これが、菜絵という女の持つ圧倒的な威圧感。人呼んで『絶対冷域《ぜったいれいいき》』楠瀬菜絵。その冷却力は製氷機よりも強い。

俺はこほんと小さく咳《せき》をすると、気を取り直して全員に聞こえる声で言った。

「いいか、みんな。ここで一つ言っておきたいことがある」

視線が集まり、厳《おごそ》かな緊張感の中で、俺は静かに切り出す。

「たぶん、今日俺たちは死ぬだろう。そして、人類は滅びる。だが、俺たちがやったことは無駄にはならない。なぜなら、俺たちの行為は天が見ていてくれるからだ。だから、天に向かって堂々と言おうではないか」

そして俺は、一番大事なことを言うために、天井に設置されたカメラに顔を向ける。

「この部活の名前は『創造部』！　この世すべてのサブカルチャーを愛し、自らの手でそれを作ろうとした部活だっ！」

そして、俺がその総監督であり通称『ハイパー・クリエイト・プロデューサー』、歴史に残るコンテンツを作り出す伝説の男……澪木《みおぎ》湊介《そうすけ》だっ！

……まで言いたかったがあえて言わないことにした。作品を大衆に広めるためには、自己顕示欲を抑えることも時には必要だ。

しかし決まったな……見事に自然な部活アピールだった……。

そんなふうに俺が天に向けて言い放って、二秒ほどたった時だった。

「みんな、またせたなっ！」

突然部室のドアがバァン、と勢いよく開け放たれた。

「な、何だ!?」

俺は大仰《おおぎょう》に驚きながら振り返る。

背丈の小さな黒衣の少女が一人、後光と共に現れた。少女は、片手にスーツケースのようなものを抱《かか》え、腰を無理のある角度にひねっていた。いわゆる『ジョジョ立ち』だ。まるで闇《やみ》を纏《まと》ったかのような少女は、アニメ声で高らかに名乗りを上げた。

「われこそは、黒をまといし、黒きしっこくのくらやみ、日向夏若葉《ひゅうがなつわかば》！」

「若葉っ……！」

「ふふふ……まにあったな……いま研究所からこれをもらってきた……」

若葉はかっこいいポーズを崩さぬように不自然な身体《からだ》の動きをしながら、そのスーツケースを俺に向けて差し出した。腰のひねりとか、ますますつらそうな感じになって全身がプルプル震《ふる》えていたが、俺はあえてスルーする。

「お前、さっき俺たちが政府の兵器研究所に向かう途中、峡谷で一人クソに飲み込まれて死んだのかと思っていたが……無事だったのか……」

「若葉はそうかんたんには死なない。それより受け取れ……」

俺はそのスーツケースを受け取りながら言う。

「これはまさか……そうか！　これがあれば……クソフラシツボドリルに一矢報いることができる！　人類の反撃が、ここから始まるぞ！」

若葉《わかば》は再びダビデ像なみに重心を偏《かたよ》らせながら、決め台詞《ぜりふ》を言う。

「そう！　そしてその人類反撃作戦のちくびを切ったのは……この、日向夏若葉《ひゅうがなつわかば》だっ！」

「ちくびじゃない、口火だ！」

流石《さすが》に看過できなかった。

今日一のＮＧテイクだった。

＊　＊　＊

「カ――――ットッ！」

もう何十回目になるであろう撮影中断の合図をかけ、ビデオカメラの動作を止めると、俺は大きくため息を吐《つ》いた。

「はぁぁぁぁ…………」

「ふふふ、どうだそーすけ、いまのはおーけーだったか？」

若葉が興奮気味に尋ねてきた。

「オーケーかって……？　オーケーのわけないだろう！」

俺は全員を見渡すと、声のトーンを上げて言った。

「なんでみんな、もっとまっとうにやってくれないんだ！」

俺の剣幕に、その場にいた全員がきょとんとしていた。いったい何が問題なのかさっぱり理解できない、とでも言うように。

おずおずと手を挙げながら、みとせ先輩が発言する。

「えー、でも、最近のコンテンツはキャラクター性が一番大事だから、みんなの個性を生かした演技をしてくれって湊介《そうすけ》くん言ってたじゃない？」

そう、確かにそれは俺が普段から口を酸っぱくして言っていることだ。

現代のコンテンツビジネスにおいて収益だけを考えるなら、グッズ化、フィギュア化、コラボ案件など、マネタイズが容易な『キャラクター』を重視した作品を創ることこそがベストである、というのが、ハイパー・クリエイト・プロデューサーたる俺の主張だった。だが。

「俺が言いたいのは、そういうことじゃないっ！　キャラクターをやるにしても、もっと真面目にやってくれってことだ！」

俺は、脚本の表紙を指で叩《たた》きながら言った。

「この映画のタイトルは『終末怪獣　クソフラシツボドリル』なんだ！　終末もので、怪獣ものなのに！　みんながそんなポンコツな調子じゃ、何の危機感も出ないだろうが！」

「……湊介《そうすけ》、でもこれただの部活紹介ビデオだし。お金がかかってるわけでもないし、そこまで真剣にならなくてもよくない？」

横から、菜絵《なえ》がそう口を挟む。

そう。この日俺たち創造部は、もう五月も半ばだというのに、今さら新入生ひいては全校生徒へ部活をアピールするための部活紹介ビデオ……というか、PR映画を撮影していた。

本来、部活紹介は四月に全部活が実施するのだが、顧問の梶ヶ谷《かじがや》先生（三十代の独身男性教師。ひょうひょうとしすぎていて、逆に抜けた印象が強い）の「めんご～、部活紹介の日程伝えるのすっかり忘れてた～」という大ポカにより、四月になにも発表できなかったうちの部への救済措置として特別上映会が用意されていたのだった。

まあ、そのおかげで、一年生で最近入部した部員である若葉《わかば》と千春《ちはる》も撮影に参加することが出来たのは、もっけの幸いというやつだが……。

ちなみに、それを伝えられた時には時間が一か月近くあったにもかかわらず、気がつけばその〆切《しめきり》……というか本番まであと一日と迫っており、俺たちは切羽詰まりながらの撮影を強《し》いられているところでもあった。

「いいか菜絵。評判が良かったらどんなものでも商売になりえる。かつて庵野秀明《あんのひであき》らは『DAICON』（大阪・日本SF大会）用のオープニングアニメを製作し、そのビデオを売りさばいた資金でアニメ会社ガイナックスを設立、最終的にはエヴァンゲリオンの大ヒットへと繋《つな》がっていったんだ。ましてや、今はインターネットで何でも販売できる時代だぞ？　映像制作は、どんな時でも手を抜かず、グローバル化、続編制作まで視野に入れて作るべきなんだ！」

そして俺は、一人一人に視線を向ける。

「ということで、順番にダメ出ししていく。まず、みとせ先輩！」

「はーい。何かわたしに問題あった？」

「問題だらけです」

俺は、ビデオカメラを再生モードにして、今撮ったシーンをみとせ先輩に見せる。どのシーンと探す必要はなかった。ほぼすべてのシーンで、みとせ先輩はカメラに向けて色目を使っていたからだ。

「カメラ目線多すぎ！　アイドルのイメージビデオですか！」

「えへ……でも、この映画って全校生徒の男の子が見るんでしょ？　ちょっとぐらいアピールしたくなっちゃうじゃない？」

みとせ先輩は、その豊満な胸元を前屈みで強調してカメラにアピールする。だが、普段からみとせ先輩と親交が深い俺からしてみると、全身から残念さが滲《にじ》み出ていて、ときめきのかけらも覚えない。例えるなら、姉が自室でカメラに向かって、猫撫《ねこな》で声でYoutube配信している現場を見てしまった時のようないたたまれなさ。

「どう？　このセクシーダイナマイト……☆」

「効かない効かない。何も爆破できない」

俺の冷徹な分析にみとせ先輩は不満そうに腕を下ろした。

「もう～！　湊介《そうすけ》くんお願い、ちょっとはアピールさせて～！　このままじゃわたし、高校生活最後まで彼氏なしで終わっちゃうじゃない！　やだ～！　自分の作った3DCGとしか見つめ合わない青春なんて、やだ～！　この映画でイケメンに見そめられるの～！」

そんな欲望にまみれきった発言をしながら、みとせ先輩は再びカメラに向き直ると、

「ということで……フリーの君ぃ？　この桃栗《ももくり》みとせと、レッツ・ミラクルアバンチュール☆」

カメラに向かって必殺☆とでも言わんばかりのウインクを決めた。

「だからそのアピール自体が古くて点数が低いんですってば」

「うえーん」

またあざとい泣きアピールが入った。

「……ともかく、本番中は絶対に第四の壁を越えないでください。デッドプールにでもなる気ですか」

ちなみに、第四の壁を越えるとはキャラクターが観客に向かって話しかけることで、マーベルのヒーローであるデッドプールさんの得意技となっている。

「そうだ。それが許されるのは、でっぷーさんだけだ。でっぷーさんは、そういうキャラだか

らな」

「……若葉《わかば》」

ロボットアニメやヒーローものが大好きな若葉が割り込んできた。

「そこへいくと若葉は、かんぜんにキャラに入り込んでたからあんしんあんぜん、ぱーぺきな演技」

低身長、低胸囲、全体的にパーツが小さい。声帯のオクターブも、俺たちより一つぐらい高い生来のアニメ声。

それが一年生の日向夏《ひゅうがなつ》若葉。我が創造部の誇るロリっ娘声優、かつ万人に愛されそうなマスコット的少女であるが……。

「若葉、お前はキャラを作り込みすぎだ！　最後の口火と乳首の言い間違いは置いておくとして……なんだよさっきのお前の二つ名」

「黒をまといし、黒きしっこくのくらやみ、日向夏若葉！」

「同じ意味の単語を重ねすぎだ！　どれだけ黒いんだよ！」

若葉は、いわゆる中二病だ。というより、闇《やみ》に憧れる中二病とかっこいいものが好きな小二病のハイブリッド、「小中二病」とでもいうべきか。とにかく幼少期から女の子らしいコンテンツよりもロボットアニメなどの「かっこよさげ」なコンテンツに耽溺《たんでき》してきた若葉は、この高校に入るなりすぐ俺たちの活動に共鳴。声優を専門分野とした『パフォーマー』として俺たちの仲間に加わった。そして、先ほどのように作品に意見をしたがることもしばしばあるのだが、若葉《わかば》にはこの部活でいわゆる『クリエイター』側に回るには大きな弱点があった。

「いいか、自己紹介なんてする時にはもっとストレートな二つ名でいいんだ。観てる側も覚えられないからな。闇《やみ》の眷属《けんぞく》とか、暗黒の末裔《まつえい》とか」

「……けんぞく？　そ、そうだな！　若葉はけんぞくしてるからな！」

「お前……さては言葉の意味わかってないだろ」

語彙《ごい》が貧困なのだった。悲しき小中二病。若葉はアニメを見る時に難しい単語が出てくると、「全然わからない。若葉は雰囲気《ふんいき》でアニメを見ている」と宣言している。俺は、若葉の話す言葉を文字起こししたら、おそらく八割ぐらいがひらがなになるのではないかと思っている。

「若葉、お前は普通の言動で充分以上にキャラが濃いんだから大丈夫だ。積極的に世のロリコンを殺していけ。それに、キャラ立ちなら俺が教えたつかみの挨拶《あいさつ》があるだろう？」

そこで、若葉は何かを思い出したようにはっと目を見開いた。

「もけんべ……？」

「そう、それだ」

若葉がこの部活にやって来たその日に、俺がプロデュースした造語の挨拶だった。伝説のUMA、モケーレ・ムベンベから来ている語感だけの言葉で、特に意味はない。

若葉は満面の笑みで両手の中指と親指を合わせながら、腰を軽く曲げて決めポーズを作る。

「もけんべ！」

「そうだ！　傍目《はため》にはどうかしてると思われるぐらい特徴的な挨拶でテンプレを量産していけ！　にゃんぱすやがんばるぞいを超えていくんだ！　さて、それから菜絵《なえ》は……」

黒髪を前でぱつりと切り揃《そろ》えた菜絵が、不満そうな顔を見せる。

「何？　あたしは結構できてたと思うけど」

相変わらず、冷たく重い言葉だ。冷凍庫そのもので殴りつけてくるような。

「いや、もっとこう、適度に愛想よくはできないのか……？　クールキャラであるのはいい。需要もそれなりにある。だが、ここまで高圧的な態度しかないと、さすがにバランスが……」

「無理。面白くもないのに笑えないもの」

「三船敏郎《みふねとしろう》のオーディション秘話かよ！」

日本映画史上にその名を残す名優、三船敏郎は新人当時、オーディションでそんなことを言ったらしい。にもかかわらず合格したという伝説が残っている。

しかしまあ、仕方がない。イラストレーターである菜絵は、もともと『パフォーマー』サイドの人間ではないのだ。みとせ先輩もだが、このあたりには存在感でカバーしてもらうか。

「あ、あの……先輩……ボクは……！　ボクは！　ボクはどこがダメでした!?」

最後に武見千春《たけみちはる》が期待に目を輝かせて尋ねてくる。くりくりとした瞳が特徴の、可愛《かわい》らしい金髪。そう、こいつはそれなりに可愛らしいのだ。ある大きな問題点を除けば……。

「千春《ちはる》は自分のYoutubeチャンネルの宣伝するな。以上」

「えー……」

千春は物足りなそうな顔で口を歪《ゆが》めた。

「何でダメ出しが軽かったのに不満そうなんだ……」

「もっと……もっと、何かこうボクもいじってほしいんです！　キモいとか！　うざいとか！　おばあちゃん家の押し入れの臭いがするとかあ！」

千春が息を荒らげながら腕にしがみついてきた。だが、千春にそのようなバカップル的ムーブをされてもまったく嬉しくはない。鬱陶《うっとう》しいだけだ。

「うわ、やめ……ええい、離れろっ！」

思い切り千春の顔面に腕押しすると、千春はもんどりうって倒れ込んだ。

「ああっ、痛いっ！　でも、それでこそ澪木《みおぎ》先輩ですうっ！」

そのまま恍惚《こうこつ》としていた。このドMユーチューバーが……。

ちなみに、この可愛《かわい》らしい顔を持つ千春のドM以外の大きな問題点というのは、とある生物学的問題なのだが……今回は省略。ウザキャラだということだけは確かだった。

しかし、どいつもこいつも一癖《ひとくせ》あって面倒くさい。この四人をまとめあげる、プロデューサーである俺の苦労も理解してほしいというものだ。

「まあ、いいや……ダメ出しはこのへんで」

「……そーすけ、それでけっきょく、もうワンテイクするのか？」

若葉《わかば》の質問に俺は答える。

「……いや、時間がないしな。今のを、とりあえず仮のOKテイクとして、時間があったら撮り直す方向でいくことにしよう」

「それ、絶対後で撮り直さないパターンじゃん……」

俺は菜絵《なえ》の指摘をするりと黙殺した。

「よし、それじゃあ続きから行くぞ。台本23ページからだ」

俺はカメラの録画を改めて開始すると、大きく息を吸い込んで続ける。

「よーい、スタート！　…………さあ、ここから人類の逆襲が始まるぞ！　全員揃《そろ》ったところで、点呼と自己紹介！」

五人揃ったところで、一同がわかりやすく整列して順番に手を挙げていく。いわゆる、自己紹介おさらいパートである。

「はーい。創造部改め地球防衛隊員ナンバー1。３ＤＣＧアーティストで、部長の桃栗《ももくり》みとせでっす。またの名をセクシーダイナマイト☆」

「……隊員ナンバー2。楠瀬《くすのせ》菜絵。漫画イラスト担当。……以上」

「たいいんナンバー3。日向夏《ひゅうがなつ》若葉！　おくれてきたニュータイプ。そして売れっ子ネット声優！　もけんべ！」

「隊員ナンバー4、武見千春《たけみちはる》。可愛《かわい》げ全開、カリスマユーチューバー！」

やや願望が入り交じった上に、統一感のかけらもない自己紹介だった。

「そしてナンバー5、俺が地球防衛隊隊長にして、ハイパー・クリエイト・プロデューサーの澪木湊介《みおぎそうすけ》である、と……さあ、今ここに、人類の命運を懸けたクソフラシツボドリルへの最後の反攻作戦が始まろうとしているわけだ！」

俺は、先ほど若葉から渡されたスーツケースを机の上にドカン、と置いた。

「これは、政府の研究員に俺が秘密裏に注文していた、特注ガス入りのスーツケースだ。この中に、クソフラシツボドリルに特効性のあるガス兵器が入っている。ただ、慎重に扱わないと俺たちにも致死性が高いからな。ちょっとでも漏れた瞬間に俺たちも全員死亡だ」

「……こんなご家庭にありそうなスーツケースにそんなやばいガス入れる？」

「だめな映画のにおいがする……」

菜絵《なえ》と若葉《わかば》あたりから発生した非難の声を聞いている場合ではない。カメラは今も回り続けているのだ。俺は、人類独立記念日を迎えた大統領ばりの勢いで力説する。

「これを奴らの親玉の口に放り込んでやれば、きっと人類は勝利できる。さあ……今日こそ決着をつけてやるぞ！　この世界をめちゃくちゃにした、あのバケモノ……クソフラシツボドリルと！」

だが、そんな演説は千春の悲鳴に掻《か》き消された。

「うわああ先輩！　窓に！　クソフラシツボドリルが窓の外に来てます！」

「え？　うわあああ！　こっちにクソを飛ばしてきたああああ！」

俺は窓の方を見て、ビックリしたふうの演技をする。そこは後でＣＧで足す予定の部分だ。そして、それと同時に手に隠し持っていたリモコンでこっそり扇風機のスイッチをオンにした。天井近くに吊り下げられた扇風機が静かに稼働し始め……。

「おぶう⁉」

千春の悲鳴が上がった。特殊効果の模擬汚物が、泥のような固まりになって千春の頭に降り注いでいた。

「あ、すまん、いっぺんに行ってしまった」

俺は小声でそう謝る。

その模擬汚物は、本来扇風機に吹き飛ばされ雨のように降り注ぐはずだったが、水分が足りなかったようで、ダマになって千春の頭にだけ落ちてきたのだった。

「ていうか、き、聞いてないですよこんな演出！　クソ表現は全部ＣＧでやるんじゃないんですかっ⁉」

「ちょくちょく実物も混ぜていかないとな。俺は映画に『リアル』を求めているんだ。それは極力ＣＧよりも実写の撮影にこだわる映画監督、クリストファー・ノーランリスペクトでもある」

ちなみに、ノーラン監督が第二次世界大戦を描いた映画『ダンケルク』では、史実では数百機の戦闘機が入り交じっていたはずの空中戦シーンが、極力本物の戦闘機を使うのにこだわったために数機しか画面に出てこなくなってしまっている。個人的に、さすがにそれは本物にこだわりすぎたパターンだと思っているのだが。

「だが千春《ちはる》よ安心しろ、その汚物は本物ではない。絵の具とコーンポタージュのブレンドだ」

「本物だったら即訴訟ですっ！」

全身を茶色に染めた千春が、悲痛な顔で訴えている。さすがにやり過ぎたか……？　と一瞬だけ申し訳なく思ったが。

「いや……これはこれで、結構おいしいかも……」

やっぱり喜んでいたので俺は心配するのをやめた。

「でも、これでちはるがくそまみれになって、とりなおしができなくなった……前とつながらなくなった……」

若葉《わかば》が鋭い指摘をした。なるほど、俺もうっかりしていた。なら……もう名実ともに、最後まで突っ走るしかない！　俺は菜絵《なえ》の方をちらりと見て、芝居の続行を促《うなが》す。

「湊介《そうすけ》、もうこうなったらここでそのガスを使って、あたしたち諸共《もろとも》あいつを倒して、この地球を救って」

菜絵は投げやりな演技で棒読みした。

だが、それでも俺は一気にヒートアップする。いよいよ最後の台詞《せりふ》だ。

「モグラ野郎め……好き勝手やってくれやがったな……あんまり人類をなめるのもいい加減にしろよ」

本来なら、絶叫とともにスーツケースを開くだけのシーンであったが、気合いの乗った俺はアドリブで啖呵《たんか》を切った。

「……俺たちは！　クソまみれになろうとも最後まであがき続けるんだああああああ！」

俺は、勢いよくスーツケースを開き……！

「カ―――――ット！」

自分で宣言すると同時に数秒待ってから我に返る。監督自演で映画を作っている時の、一番虚《むな》しい瞬間だ。

そして俺は、全員の顔を見渡しながら言った。

「……終わったのではないか？」

菜絵が台本を確認する。

「……一応、全ページ分は撮り終わったみたいね」

俺はガッツポーズを決める。

「よし、クランクアップだ！」

おおー、と全員から拍手と喝采《かっさい》の声が上がった。

「まあ……最後の湊介《そうすけ》のアドリブは、ちょっとよかったかもね」

菜絵《なえ》が、珍しく褒《ほ》めの言葉をくれる。

「ははは、そうだろうそうだろう。さあ、後は俺が三時間でざっと荒編集して……その後、みとせ先輩はポスプロ（後編集）でCGの挿入お願いします！」

「任せて！　わたしのCGのクオリティだけは信頼しててくれていいからね！」

「それだけは信頼してますよ、本当に！」

一方、役者陣の間では、クランクアップ後の和気藹々《わきあいあい》とした空気が流れていく。

「うう～、ボクどう映ってるんだろう！　クソまみれになったかいがありますように！」

「ふふふ……若葉《わかば》のかっこよさがきっとスクリーンをみりょうしてしまうな……！」

千春《ちはる》や若葉たちは、きゃいきゃいと自分たちのカメラ写りを楽しみにしていた。

＊　＊　＊

それから、二十三時間ほどの時が過ぎ、体育館では創造部紹介映画の上映が始まっていた。

結果的に言うと、俺たちはカメラ写りを気にする必要もなかった。

各々《おのおの》の演技力にばらつきがあり、実用性に耐えるカットも少なかったため脚本はぶつ切りになり、時間不足のため雑談パートをカットすることすらできていなかった。

そしてそのすべての難点を飛び越えていったのが、みとせ先輩がポスプロで追加した、無駄にハイクオリティ&パワフルなクソフラシツボドリルの３ＤＣＧだ。

俺たちがしゃべった台詞《せりふ》のほとんどは脱糞《だっぷん》の音にかき消され、姿はクソフラシツボドリルの排泄《はいせつ》した汚物にまみれて見えなくなっていた。

稚拙《ちせつ》な実写部分とのギャップによりＣＧの印象だけが悪目立ちし、印象としてほぼ全編、汚物の汚物による汚物のための映像になっていたと言える。俺は舞台袖《そで》の暗闇《くらやみ》から、どんよりした気持ちでそれを眺めていた。

せめて、完成させるのにもう少し時間があってクオリティコントロールができていれば……。

俺が隣にいるみとせ先輩の方をちらりと見ると、みとせ先輩はてへりと頭を掻《か》いて舌を出した。

「てへ、ちょっと気合い入りすぎちゃったかな☆」

「ちょっとどころじゃないでしょ！」

俺は小声でみとせ先輩にツッコんだ。

『俺たちは！　クソまみれになろうとも最後まであがき続けるんだあああああああ！』

一方そのころ、スクリーンの中では、クソまみれの俺がスーツケースのトランクを開け、画面全体が光に包まれていた。昨日撮影したラストカットだ。

続いて、エンドロール代わりに黄色い文字列が、宇宙空間の中を奥に向かって飛んでいく。

SOUZOUBU　エピソード4　新たなる部員募集
今観ていただいたように、
『創造部』は、あらゆるサブカルチャーを愛し、自分たちの手で創り上げる部活です。
運動部の諸君!
ありあまるエネルギーで無駄に自家発電ばかりしていないか!?（笑）
もっと有効に青春のエネルギーを使おう!
創造部は現在、新入部員募集中!
未経験でも各分野のプロフェッショナルが丁寧《ていねい》に指導します!

うーむ……時間がなくて、十秒ほどで考えた煽《あお》り文句だったが、少々煽りすぎたか……?

そして映画の上映が終わり、体育館の電気がついた。

みとせ先輩のCGがあまりにリアルだったせいか、まだ体育館から糞尿《ふんにょう》の臭いがしているような気がする。そんな中、そこらからざわめきの声が聞こえてくる。

戸惑う者、怒る者、呆然《ぼうぜん》としている者……吐き気を催《もよお》して既に出て行った人間も相当数いるようだ。その空気に、俺は若干の悪寒を覚える。

……これは……やってしまったのか？

俺がかつてこの部活で作り、闇《やみ》に葬《ほうむ》り去ってきた酷《ひど》い作品の数々が脳裏に浮かぶ。

今回の映画も、またそれに並ぶと――？

いや……まだだ。まだ、舞台挨拶《あいさつ》の場で蓋《ふた》を開けてみるまでは解らない。ちょっと斬新な作品すぎたから、観客が正しく受け止めるのに、時間がかかっているだけかもしれない。

俺は決意を込め、マイクを握る。「キーン……」と一瞬起きた不快なハウリングが止《や》むのを待ってから、静かに切り出した。

「あー……俺は創造部二年、今の作品の監督にして、『ハイパー・クリエイト・プロデューサー』の澪木湊介《みおぎそうすけ》だ。いかがだったかな？　我々の作った部活紹介映画は。その様子を見ると……傑作すぎて声も出ないということかな？」

俺は、あえて自信満々な口振りで言う。それは高評価を得るためのコツだ。製作者側は、作品の出来に不安そうな様子を見せてはならないのである。だが、その俺の発言をきっかけに、堰《せき》を切ったように野次が飛んできた。

「うるせー！　きたねーもん俺たちに見せんじゃねー！」

「ほとんどスカトロビデオじゃねえか！」

中でも一番憤《いきどお》っていたのは、端にいた運動部の連中だった。

「何が運動部は自家発電ばかりしてないか、だ！　てめえらの作ってるママゴトの方がよっぽど自己満足じゃねえか！　巣から出てくんな！」

「そうだそうだ！　運動部バカにしてんのかコラァ！」

ようやく感情の捌《は》け口《ぐち》が見つかった、とばかりに飛び交う怒号と罵声《ばせい》。俺は、それらの発言を聞き流しつつ……

「ま、まあまあ。落ち着け諸君……落ち着け！」

俺が気合いを入れて大声を出すと、また若干のハウリングが起き、体育館が少し静まった。

「冷静に聞いてほしい。俺が言いたいことはそういうことではなくてだな」

「じゃあどういうことだよ！」

「あー……」

そういうことも何も、今の言葉もこの場を落ち着かせるためだけのでまかせだったため、俺は喋《しゃべ》りながら理屈を組み立てていく。

「俺が言いたかったのは……例えばサッカーというスポーツは、どちらかがゴールにボールを何度入れても、その度に元の場所に戻すだろう？　同じように、野球だって結局は一周回って元の場所に帰ってくるだけのことだ。一方、我々の活動は、形に残る。どうだ？　こう考えると、我々の活動の方が意義のあるものではないか？」

その理屈を各々《おのおの》が咀嚼《そしゃく》するしばしの間の後、再び体育館が怒気に満ちる。

「結局運動部に喧嘩《けんか》売ってんじゃねえか！」

「形に残ろうがなんだろうがクソはクソだろ！　ていうか形に残るクソの方が厄介《やっかい》だろ！」

完全に火に油を注いでしまったようだった。

「だから、要はそういう視点もあるということ……がふっ！」

一瞬視界が途切れ、顔面に花火が炸裂《さくれつ》したかと思った。鼻頭がじんじんと痛む。気がつけば、どこからかサッカーボールが飛んできて、俺の頭部に直撃していたのだ。転々とボールが体育館を転がる。

そして俺は――キレた。

「こ、この……この……クソどもがあああああ！　ふざけんな※△×●!!　○■☆※●！　お前ら全員、●□▽に□※◎×●でも入れてやろうかあああ！」

完全に切れてしまった俺は、運動部連中の方を指差しながら言ってはいけない言葉をヤバいペースで連呼していく。ラップバトル番組なら、すべての台詞《せりふ》に『コンプラ』（倫理違反）のNG処理が入ったことだろう。マイクを通して、およそ社会性を持った人間が言うべきではない言葉が体育館中にこだました。

「▽□※……もがっ！」

その瞬間、俺は突如背中から身体《からだ》を羽交《はが》い締めにされ、口の中には乾いた布のようなものが詰め込まれた。

首だけ動かして振り返ると、そこには部員のみんながいつの間にか来ていた。羽交い締めにしているのは千春《ちはる》で、布を放り込んだのは菜絵《なえ》だろうか。

「はいはい、湊介《そうすけ》くん、それ以上はダメよ？　停学になっちゃうものね」

みとせ先輩がすっとマイクを俺から奪い取る。

「えー、この度は我が創造部が大変見苦しいものをお見せしたことを謝罪いたします。えへへ、みんな、笑って許してぴょん☆」

みとせ先輩の謝罪の言葉。最後の余計なアピールのせいで何の鎮火にもなっていなかった。

会場の怒気は収まらない。みとせ先輩は俺たちの方に向き直って言う。

「あー、じゃあこの辺で、みんな湊介くんを引っ張って帰るわよ。どうも、お騒がせしました ー」

そして、俺は引き摺《ず》られて舞台から下がる。

「もがっ、もが……」

口の中に詰め込まれた布に涎《よだれ》をたっぷり吸わせながら、俺は控え室へと強制連行されていった。

収束する気配もない体育館のざわめきを後に身体《からだ》を引き摺られながら、控え目に言っても今世紀最悪の舞台挨拶《あいさつ》だったのではないかと、俺はどこか冷静な頭で思った。

＊　＊　＊

春は、出会いの季節だと言います。

——それは大きな環境の変化に不安を抱きながら、少しだけみなさんとずれた時期に、知らない街、知らない高校へと転校してきた私にとってもそうでした。

ですがその日、たった一日、いえ、一瞬だけで、この先の人生すべてを変えてしまうような大きな出会いがあるなんて、この朝が始まった時には誰に想像できたでしょうか？

それは天啓のように、私にとって何よりも必要で。私を励ましてくれる言葉でした。

まるで、これからの人生に突然光が差し込んで、道を指し示してくれるような。鼓動が高鳴って、涙が出そうになって、胸が締め付けられるように切なくて。

その衝撃は、私の瞳孔《どうこう》から入って、鼓膜《こまく》を揺らし、そのまま心に突き刺さったのです。

「っ……！」

敷き詰められたパイプ椅子《いす》の一つに座りながら、息も呑《の》めずにいた私の隣で、お友達の志乃《しの》原由梨《はらゆり》さんが悶《もだ》えていました。

「うう……あの映画……ちょっとわたし、気持ち悪くなってきちゃった……」

口をハンカチで押さえながら前屈みになって志乃原さんは言います。

「うっぷ……もう観てられない……前から思ってたけど、あの人たち、絶対ヤバイ人たちだよ……星月《ほしづき》さん、絶対近づかないようにしようね……あれ？　星月さん？　どこに行ったの？」

私を捜す志乃原《しのはら》さんのその声が、遠くに聞こえたような気がします。

それを確かめる術《すべ》はありません。

考えると同時に——いえ、もしかしたら考えるよりも早く。

私はもう、人の波を掻《か》き分けて、矢も楯もたまらずに駆け出していたからです。

＊　＊　＊

「……失敗した……」

今世紀最悪の舞台挨拶《あいさつ》を終え、先生方の大目玉を食らい（梶ケ谷《かじがや》先生だけは『僕は好きだったけどね～あの舞台挨拶はやりすぎかな～』と言ってくれたが）、生徒会の人たちの冷たい視線を背に体育館の控え室に戻ってきた俺は、心身共にダメージを受け、いわゆる『orz』状態で縮こまっていた。

目の前がグルグルする。いや、チカチカしている。

とにかく、やらかした、という強い思いが自責の念になって襲《おそ》ってきている。

「俺は……また黒歴史を……作ってしまったのか……？」

黒歴史。その定義は数多くあるが、創作方面においての共通点はたった一つだ。作った側が、その作品をなかったことにしたいと思ってしまうような作品のことである。

例えば、制作中はクリエイターズ・ハイによって気付かないが、冷静になってみると、自分の恥部そのものを曝《さら》け出しているとしか思えないような作品。

メッセージ性が飽和していて、結局何が言いたいのかわからなくなっている作品。

単純に技量が足りていないことを思い知らされる作品。

そんな作品が黒歴史になりえるわけである。

四肢をついたまま起き上がれない俺に対し、菜絵《なえ》が上から冷酷な言葉を投げかけてきた。

「湊介《そうすけ》……だからあたしは脚本の段階から言ってたじゃない。もっと身の丈にあったものを作った方がいいんじゃないって。しかも傑作になりそうな現場の雰囲気《ふんいき》すらなかったのに」

俺は心の中で血の涙を流しながら答えた。

「わかってる！　わかっている……編集中から気付いていたさ……。駄作というものが生まれる時はな……往々にして、クリエイターも薄々気付いてはいるんだ……」

そもそも、クリエイターというものは、自分が作っているものが駄作ではないかという不安が常に頭につきまとっている生き物なのだ。

だが、それが本当に駄作なのかは出してみるまでわからないというのも世の常であり、ダメだと思って出してみた作品が意外と評価されたり、クリエイターにとっての最高傑作がまったくウケなかったりもするわけで。

さらにジャッジを難しくするのは、「世の中に100パーセントの人が駄作と思う駄作」もそうそう存在しない、という事実だ。

だから、創作者はいつも葛藤《かっとう》を抱《かか》えたまま、〆切《しめきり》というものに追い立てられ、今日も作品を世に出す。どうしようもない不安に押し潰《つぶ》され、ほとんど駄作だと薄々気付きながらも、一縷《いちる》の望みをかけて世に送り出す作品がある。

そんな作品で、自分の想像以上に貶《けな》されることは……例えるなら……。

三か月分の生活費をギャンブルで大穴に注《つ》ぎ込んで、見事に大敗したばかりか帰り道に財布《さいふ》まで落とし、最後に通りすがりの人に後ろから殴られたような気分だ……。こんなことなら、作品が永遠に完成しなければよかったのに……。

「……死にたい」

「あ、あ、先輩が死にたいモードに入りますよっ！」

千春《ちはる》のそんな言葉をきっかけに、俺の臓腑《ぞうふ》から、耐えきれずに後悔の念が漏れ出してきた。

「ウォシュレットから硫酸《りゅうさん》が出てきてうっかり死にたい……動物園から脱走したオオアリクイと戦って名誉の戦死を遂げたい……川から流れてきた巨大桃に巻き込まれて二十一世紀の桃太郎と呼ばれながら死にたい……」

千春が拍手喝采《かっさい》とばかりに手を叩《たた》く。

「出ました！　澪木《みおぎ》先輩の多彩な死に方願望コレクション！　さすが先輩は死にたがってる時が一番輝く！」

「そーすけの死にたみコレクション……さんこうになる……メモらせてもらおう……」

若葉《わかば》は大仰《おおぎょう》な文句と共にポケットをまさぐると、

「いでよ、まいるすとーん」

スマホを取り出し、せせこましく指を動かし始める。

「めも、めも……あとしゃめも残しておこう……しゃめー」

気の抜けた声と共にパシャリと俺を捉えるシャッター音が虚《むな》しく鳴った。

「……若葉、そんなとこ撮らなくていいから」

抗議する気力すら起きない俺の代わりに菜絵《なえ》がその行為をそっと窘《たしな》めてくれた。

「すのーで盛っていいんすたにあげていい？」

「盛らなくていいし上げなくていいから」

一方、俺に直接声をかけて慰《なぐさ》めてくれたのはみとせ先輩だった。

「湊介《そうすけ》くん、そう落ち込まないの。創造部の基本原則にもあるでしょ。作品が黒歴史になっても気にしないことって」

そう、みとせ先輩は前屈みになって俺に声をかけてくれる。ああ……その優しさになんだかほだされてしまいそうだ。

「うう……みとせ先輩……ありがとうござ……って、ちょっと待ってください」

俺は、みとせ先輩の方をキリッと向いて言った。

「ていうか、あのクソフラシツボドリルの無駄にリアルすぎるCGを出してくるみとせ先輩もいけないいんですよ！　批判のうちスカトロ映画呼ばわりは全部あの怪獣のせいですからね！　だいたいデザインの時点からいやな予感がしてたんだ！　よりにもよって！　尻からクソを撒《ま》き散らす怪獣なんて！」

俺は半分逆ギレだとわかっていてみとせ先輩に当たり散らす。

「……そう？　どちらかというと、みとせ先輩のCGが入って作品としては迫力が出てた気がするけど。本当の意味のクソ映画とどっちがマシかって話じゃない」

みとせ先輩を庇《かば》うような菜絵《なえ》のそのツッコミは確かに一理あったが……。

「そうよ～。それにほら、可愛《かわい》いでしょ、これ？」

「うわっ、実物になってる!?」

いつの間に取り出したのか、全長10センチほどのクソフラシツボドリルが、みとせ先輩の掌《てのひら》の上で細かく震《ふる》えていた。尻からチョコレート味のメレンゲみたいな、泡交じりの茶色い液体が時折、ぴゅっ、ぴゅっとひねり出されている。

「わたしが、片手間に3Dプリンターでシリコンゴムを使ってフィギュア化してみたの。すごいわね～、技術の進歩って☆」

俺が手渡されたそのゴムフィギュアを握ると、クソフラシツボドリルはぶにゅにゅにゅにゅと音を立てて断末魔の声を上げた。

「確かに、クオリティは認めますが……」

「うんうん。だからお詫びに……このクソフラシツボドリルの著作権を、創造部にあげます☆ネットでこのフィギュアを販売して、一儲《ひともう》けしましょうよ！」

「クソを撒《ま》き散らす奇妙なバケモノのフィギュアをどこの誰が欲しがるんだ！」

そんなやりとりの末に、俺はまた深くため息を吐《つ》いてしまう。

「はぁ……」

とにかく、こうも失敗が続くと、時々、自信を失いそうになることもある。俺はあらゆる時代の流れを先読みし、的確に大衆が求める作品を作り上げる『ハイパー・クリエイト・プロデューサー』を自称してはいるが……根本で自己認識してはいるのだ。掲げた看板に、現実が追いついてはいないと。

いつだって虚勢を張るのは、不安の裏返しだ。

それでも、言い続けたらワンチャン本当にそうなっていくのではないかと思ってやってはきたが……きたが……。

「湊介《そうすけ》、湊介」

菜絵《なえ》がひらひらと俺の目の前で掌《てのひら》を翳《かざ》すが、それを目で追う気力もない。

「……つらい」

俺はそれだけ言って外界とのコネクションをシャットダウンした。

「……あちゃー、湊介くん、完全にダウナーモード入っちゃったわね」

「こうなると、逆にめんどくさいですよね。みとせ先輩、どうしますかー？」

千春《ちはる》がみとせ先輩に尋ねる声がする。

「まあ、時間が経てば解決してくれるでしょ。でもとりあえず、みんなで手分けして湊介くんを部室まで持って帰りましょ。ここに置いておいても邪魔になるし」

「そーすけ、かんぜんにふるくなった家電みたいなあつかいだな……」

みとせ先輩と菜絵が両脇から、俺の身体《からだ》を掴《つか》み上げようとする。むにゅりと、色々と柔らかい身体の部位が当たったような気がするが、今は反応する元気もない。

「ほら、自分で立って湊介くん。幼稚園児ですか」

「幼稚園児……ですらない……今の俺は人間以前の……精子以下の存在だから……」

「……あー、もう本当にめんどくさいわね……重いし……まったくもう……」

そして、やっとのことで俺の身体が垂直に起き上がりかけた時のことだった。突如控え室のドアの向こうから、コンコンと硬質なノック音が聞こえてきた。

「あれ、早く帰れって生徒会の人が呼びに来たのかしら？　えっと、開いてますけど。どうぞ？」

みとせ先輩がドアの向こうに優しく呼びかけると、運命が開くように扉が開いた。

「……あ、あのっ……！」

それに続いて、鈴を転がすように可憐《かれん》な声が聞こえてきた。俺は息を呑《の》む。

俺たちの目の前に現れたのは、眩《まばゆ》いほどの美少女だった。

大きな瞳が辺りの引力を奪い取りそうなくらい爛々《らんらん》と輝いていて、造形は西洋人形のように整っている。

真っ直ぐ伸びた背筋と、楚々《そそ》とした立ち姿は、どことなく育ちの良さを感じさせる。かといって、全体を見ると出るところと引っ込むところもしっかりあって、非常に女性らしい身体《からだ》つきをしている。そのオーラゆえだろうか、扉の風圧だろうか、長くてさらさらの髪の毛が風もないのに揺れている気がした。

いかにも正統派という感じの、百人に訊いたら百人がそう答えるような、非の打ち所のない美少女だった。

「い、一体、どちらさま……」

突然の闖入者《ちんにゅうしゃ》に警戒するみとせ先輩の声に被《かぶ》せるように、少女は部屋に飛び込んでくると
──いきなり俺の両手を自分の掌《てのひら》で包み込んだ。

「えっ……？」

突然の出来事に、俺の脳は完全にフリーズした。

柔らかい手のぬくもりが、俺の手に直接伝わってくる。

少女は俺の寸前まで顔を寄せて、上気した顔で叫んだ。

「あなたが、監督さんですよね!? 私、か、感動しましたっ！　さっきの映画！」

瑪瑙《めのう》のように美しいその瞳に吸い込まれそうだ。熱を帯びた少女の吐息が、鼓動が、目の前から伝わってくる。事情はよくわからなかったが、彼女が相当の興奮状態にあることは伝わってきた。

そこで、そんな俺たちの戸惑いに、少女も気が付いたらしい。

「あっ、す、すみませんでした、いきなり不躾《ぶしつけ》なことを……」

そう言いながら俺からぱっと手を離すと、少女は額と膝《ひざ》が重なりそうなほどの勢いで、身体をくの字に曲げて礼をした。

「先週からこの学校に転校してきました、二年の星月比香里《ほしづきひかり》です！　私を……」

比香里と名乗った少女は身体を振り絞るようにして叫んだ。

「私を創造部に入れてくださいっ！」

俺はその発言の内容を理解するのに、二秒ほどかかった。

「つまり、入部……希望？」

「わ、私、何ができるかはわからないんですけど……だ、だめでしょうか……？」

星月比香里は、上目使いで下唇を噛《か》みながらお伺いを立てるように尋ねてくる。その様子もまた、絵になっているのだった。

「あ、いや、ダメとかではなく……それは本気か？　あの映画を観て？」

俺は思わず、真意を確認するように問い返してしまう。いや、だって、あのクソまみれの汚い映画を観てこんな美少女が？　ドッキリとかじゃないだろうな？

するとエ比香里《ひかり》は、眼をきらきらさせながら答えた。

「はいっ！　とにかく、衝撃的でしたっ！　私、あそこまで文法に囚《とら》われない作品を観たのは初めてでっ！　まるで重力から解き放たれたように自由で……！　それなのに情熱がいっぱいで……！　あの、もう一度、監督さんのお名前を教えていただいてよろしいですか⁉」

比香里の剣幕に俺はたじろぎながらも改めて名乗る。

「澪木《みおぎ》……湊介《そうすけ》だ」

比香里の表情が少しだけ緩んでから、再び真剣なものに変わる。

「私、一瞬で湊介さんのファンになりましたっ！　ぜひ、色々創作の極意を教えてくださいっ！」

そこに至って俺はようやく少女の発言を信じる気になってきた。その言葉に嘘《うそ》はないに違いない。というか、ここまで手放しで褒《ほ》められたら悪い気はしない。

先ほど、俺はすがるような思いで駄作を生み出したクリエイターの気持ちを、全財産をギャンブルですって財布《さいふ》まで落とし、背後から殴られた時の気分に例えた。

だが、今の気分は例えるなら……その帰り道に三億円でも拾ったような気分だ！

俺は堪《こら》えきれず、天を仰ぐように反り返り呵々大笑《かかたいしょう》した。

「は――――はっはっは！」

その様子に、比香里がびくん、と身体《からだ》を震《ふる》わせて、おどおどと尋ねてくる。

「ひゃっ！　ど、どうなさったんでしょうか？　私、何かおかしなこと言ってしまいましたか……？」

「星月《ほしづき》比香里と言ったなっ！　お前は……お前は……違いのわかる女だなっ！」

「へ……？　わわっ……!?」

俺はガシリ、と比香里と肩を組む。

比香里は、何が起きているのかわからない、といった感じに両手を泳がせた。

そんな俺たちの様子を見て、部員たちの温かい言葉が並ぶ。

「はいはい、よかったですね〜、澪木先輩！」

「そーすけ、げんきになったな！」

「湊介くんは自称天才だけど、その立ち直りの早さは、確かに天才的かもねえ〜……」

「……ただの単純馬鹿。深く考えないから、その場の感情に支配されてるだけよ」

……温かいよな？　まあいい。

俺は、比香里の肩を組んだまま、遥《はる》か彼方を指差した。

「星月比香里よ、そこに輝く星が見えるか!?」

「ふえっ!?　い、いえ、室内なので……汚れた天井しか私には見えませんが……」

なるほど、確かに黒ずんだ天井に蜘蛛《くも》が巣を張っているところしか見えない。だが、俺には違う景色が見えていた。

「いや、あるんだ！　心の眼で見てみろ！　……創作の星を！」

「創作の星……!?」

その俺の暴走に、菜絵《なえ》からもぼちぼちツッコミが入る。

「……湊介《そうすけ》。いい加減その子から手を離したら？　最近はセクハラとかに厳しいご時世なんだから」

だが……比香里《ひかり》は俺に肩を抱かれたまま眼を閉じて必死に何かを探していた。そして。

「……あっ！　い、今見えた気がしました！　あの辺りに創作の星が！　うっすらと……！」

比香里は、眼を瞑《つむ》ったまま、天井を指差した。

「……それ、けいこうとうの灯《あか》り……」

そんな若葉《わかば》の指摘を俺は無視して進める。

「そうだ！　筋がいいぞ星月《ほしづき》比香里よ！　創作の道は厳しく果てしないぞっ！　その星を目指して……俺たちと共に、どこまでも歩もうではないかっ！」

「は、はいっ！　よろしくお願いしますっ！」

そんな俺たちを見て、菜絵が小さくため息を吐《つ》きながら言った。

また、変なのが増えた、とでも言いたげに。

「……ダメだこりゃ」

だが、その言葉には、心底の落胆といったものは含まれていない。

それはそうだ。たとえどんなに変わり者の少女であろうと——結果的に見れば、俺たち創造部全員で作った映画により、新入部員を勝ち取ったことには違いないのだ。

そのことを、この場にいた誰もがわかっていたのだろう。

「わー！　今日はしゅくふくの日だな！」

「本当ですよねー！　ボク、お赤飯炊きますね！」

妙なテンションで下級生たちがはしゃぐ。それを見て、菜絵も珍しく微笑《ほほえ》みながら言った。

「まあ、やったかいがあったなら……よかったけど」

そうだ。だから、結局クリエイティブは——

何が起こるかは、世に出してみないとわからないのだ。

メディアミックスプロジェクトで、アプリが終了して負け戦ムードの中で放送されたアニメがすっごーいブームになったりもする。昭和のギャグアニメをリメイクしただけで、予想だにしなかった大ブームが生まれたりもする。

同じように駄作を覚悟して作った映画でも、こうして誰かの心をひどく打ったりもするのだ。

それは今にも何かが起こりそうな波乱の一年を予感させる、春の終わり頃のことだった。

クロハルSS『フローラルツボドリル爆誕！』

湊介くん、この３Ｄモデルを見てくれない？
どうしたんですか？
実は私、クソフラシツボドリルのフィギュアなんて誰も欲しがらないだろうって湊介くんに言われたのが地味にショックで……、ちょっと３Ｄモデルを改良してみたのよ
意外と気にしてたんですね……でもこれ、あまり変わってないようですけど
よく見て。頭の上に葉っぱが乗ってるでしょう？
葉っぱ……本当だ、これ何ですか？
クソの臭いが消えて爽やかになるように、上にパクチーを乗せてみたの
そういう問題じゃないだろ！

創造部　部員プロフィール①

桃栗みとせ

Mitose Momokuri

専門分野：３ＤＣＧ
クラス：3-D
誕生日：9/25
身長：168cm
体重：55kg
趣味：３Ｄプリンターでフィギュア作り、メイク研究、クリーチャー鑑賞
休日の過ごし方：飼っている柴犬と遊ぶ（モデリングの参考にする）
好きなアーティスト：H・R・ギーガー（やっぱり『エイリアン』シリーズは最高！最愛はチェストバスター形態ね）

第二章　創造部へようこそ!

体育館から出ると、すぐに眩《まぶ》しい日差しが目に飛び込んできた。俺は掌《てのひら》で庇《ひさし》を作りながら言う。

「うむ、いい天気だっ!」

いいことがあると世界が輝いて見えるな。

俺たちは比香里《ひかり》をとりあえず創造部の部室まで連れて行くことにし、その途中で色々と話を聞いていた。

「そうか、B組の転校生なのか」

二年生で同じ学年ではあるが、俺と菜絵《なえ》はA組なので、この比香里と今まで会ったことがなかったのだろう。

「はい、ちょうど入学式から一か月遅れで先週転校してきたばかりで……今回の部活紹介がちょうどよかったです!　あんなに刺激的な出会いに間に合うなんて、私幸せです!　えへへ」

そう言って比香里は笑った。

みとせ先輩が、そんな比香里に問いかける。

「比香里ちゃん、転校してきたって、前はどこにいたの?」

「えっと、高天原《たかまがはら》高校っていうところなんですけど……」

それを聞いたみとせ先輩が飛び上がらんばかりの勢いで声を荒らげた。

「高天原!?　有名なお嬢様高校じゃない！」

「そーすけ、たかまがはらってすごいのか？」

若葉《わかば》が俺の裾《すそ》を引っ張りながら小声で尋ねてくる。

「すごいも何も、ニュースとかを見ていれば出てくるだろう。セレブリティな令嬢ばかりが通う、この国でトップレベルのお嬢様高校だ」

「い、いいえ、それほどでもないです……私は、成績とかもそんなによくなかったし……」

俺と若葉の会話に対して、比香里は気恥ずかしそうに謙遜《けんそん》した。

「はー、お金持ちのお嬢様ね。色々レベル高いものねえ……」

そう言って、みとせ先輩は比香里の外見を全身まじまじと眺める。そして、髪の毛あたりで視線を止めた。

「……あれ、比香里ちゃん、この髪ちょっと赤が入ってる？　染めた？」

「いえ、祖母がイギリスの生まれで、赤毛の血が少し入ってるんです」

「クォーター！　赤毛！」

みとせ先輩は衝撃を受けていた。気持ちはわからないでもない。お嬢様でクォーターで赤毛って、とことん漫画みたいな属性だものな。みとせ先輩は勝手に比香里の髪をふぁさふぁさと触りながら、泣き言を言う。

「……枝毛すらない……シルクみたいな手触り……見た感じ肌もすべすべだし……必死の思いで染めたりゆるふわパーマしたりして男子受けを狙《ねら》ってるわたしが悲しくなるじゃない～！ うう……比香里《ひかり》ちゃん、せめて……もう少し触らせて……御利益《ごりやく》が出るまで……」

天然ものに敵《かな》わない養殖ものの悲しみというやつか……。ていうか、みとせ先輩のそれはセクハラにならないのか……？

「さて、星月《ほしづき》くん……いや、同級生ということで比香里と呼ばせてもらおう。比香里は先ほど、自分に何ができるかわからないと言っていたが……何かやりたいことの希望はあるか？ それもわからなければ……漫画やアニメとか、趣味の傾向を参考に教えてくれると助かる」

俺がそう言うと、比香里は恥ずかしそうに俯《うつむ》いた。

「ええと、そ、その……私……ま、漫画やアニメは……あの……」

何かを言いづらそうにもじもじしている。さては……お嬢様だから、オタクっぽい話をするのが恥ずかしいのか？

「比香里、案ずるな！ 俺たち創造部は現代日本におけるだいたいの視覚文化に関しては、どんなマイナーな好みやジャンルでも一通り押さえていると断言しよう！ 中でも凄《すご》いのは菜絵《なえ》だぞ。こいつは本当の意味でのサブカルの権化、サブカル大明神だ！」

俺は菜絵の背中をバンバン叩《たた》きながら言った。

「ちょっと、誰がサブカル大明神よ。勝手に変な二つ名付けないでよ」

菜絵は不機嫌そうに嫌な顔をする。

「でも、ヴィレッジヴァンガードとか好きだろ？」

「……まあ、確かにヴィレヴァンに売ってる漫画はだいたい持ってるし、買い物もするけど」

「好きな漫画家は誰だ？」

そう尋ねると、菜絵はこほん、と小さく咳《せき》払いしてから、誇らしげに言った。なんだかんだ言っても、自分が好きなものをオタクは語りたいのだ。

「好きな漫画家は……駕籠真太郎《かごしんたろう》先生、丸尾末広《まるおすえひろ》先生、伊藤潤二《いとうじゅんじ》先生あたりね」

さすが菜絵、そこらのファッションサブカル女とは一線を画すラインナップ（俺基準）である。馴染《なじ》みのない方も、一度その辺りの作者名でググっていただければ傾向が一発でわかると思う。

空気を読んで「平野耕太《ひらのこうた》」だとか「浅野《あさの》いにお」だとか、まだ一般の「漫画好き」にも受け入れやすそうな名前を出すような手心は菜絵には存在しない。あらゆる漫画を舐《な》めるように読み、咀嚼《そしゃく》しきった上で、本当に臓腑の中に残ったものを、他者に理解や迎合を求めることなくそのまま愛する。それが真性の『サブカル女子』、楠瀬《くすのせ》菜絵であった。

俺の定義では『その作品が好き』な気持ちより『その作品を好きな自分が好き』な気持ちが強い人間や、自分を飾り立てるための道具としてのみ作品を利用している人間のことをファッションサブカルと呼び、世の「サブカル好き」を自称する人間の9割がその手の人間だと思っているのだが、こいつはその残り1割の女なのだ。

つまり、他者への安易な迎合を拒む真性のサブカル女、それが菜絵《なえ》である。ちなみに菜絵のその他の趣味としては、オカルト研究、球体関節人形などがあるのを俺は知っている。

「菜絵は、本当にいろいろまんがを知ってる……最近教えてもらったちょっとマニアックなやつだと、沙村広明《さむらひろあき》先生の『無限の住人』とかが面白かった……」

「ふふふ……若葉《わかば》よ。実写映画化までされた『無限の住人』でマニアックとか言っていたら菜絵に鼻で笑われるぞ。マニアックとは、ちょっとやそっとじゃ映像化できないアックス系の作品とか自費出版作品とかのことを言うんだ」

「そうですよ、マニアックと言えば、ジョジョとかのことですよね！」

千春《ちはる》が、よく知りもしないくせに謎の便乗をしてきた。

「ジョ！　ジョ！　は！　基本中の基本！　だっつーの!!」

そう言いながら、俺は千春の首根っ子を掴《つか》んで頭を電球のようにカラカラと振り回した。

「ひあああああ！」

数秒経ってから、千春は脱力したようにくにゃりと崩れ落ちた。

「ああ……すごいクラクラします、澪木《みおぎ》先輩……」

「教育的指導だ」

「うふふ、でも澪木先輩の愛情を感じるからいいです……」

千春は満足そうに微笑《ほほえ》んでいた。

「そうだそうだ、若葉だってジョジョはふつうに好きだぞ！　さいきんはジョジョ立ちだっておぼえたんだ！　なめるな！」

若葉も千春に対して激しく憤《いきどお》る。というか、それでこいつさっきの映画の中にも無理矢理ジョジョ立ちを入れてたのか……なんてことを考えていると。

「まあ、荒木《あらき》先生はあたしも好きなんだけどね。でもどっちかって言うとジョジョを語るなら『バオー来訪者』と『魔少年ビーティー』は最低限読んでおいてほしいわね。特に『魔少年ビーティー』はキャラ配置や舞台的にもジョジョ４部の雛型《ひながた》と言えるものになっていると個人的には思ってるのよね。あと荒木先生の趣味を考えると、その辺りの作風はやっぱりスティーブン・キングの影響が強いかなあって。荒木先生の著書『荒木飛呂彦《ひろひこ》の奇妙なホラー映画論』では、わざわざスティーブン・キング作品に一章を割いてるんだけど、それは副読本として荒木ファンなら必読っていうか……」

目を輝かせた菜絵が早口で淀《よど》みなく語り出した。そうだ千春よ見習え、本物は荒木先生だけでこれだけ突っ込んで語れるんだぞ。『副読本』とか言い始めてる時点でもうガチだからな。

「ところでそーすけ、気になったんだが……『オタク』と『サブカル』の違いってなんなんだ？　オタク系まんがとかもサブカルのいっしゅに入るんじゃないのか？」

一方若葉《わかば》が、無邪気にパンドラの箱を開けようとしていた。

「……その話、今するか？　サブカルの定義問題で荒れる上に、六時間ぐらいかかることになるが、本当にいいか？」

「や、やっぱりいい……」

「そうだな。まあその話はまた今度にしよう。若葉のようにまだ自意識の網に捕らわれていない人間は、好きなように好きなものだけを愛《め》でていればいい。その先は地獄の消耗戦だからな」

と、そんなふうに俺たちが漫画トークで盛り上がってしまっていると、置いてけぼりにされていた比香里《ひかり》が気まずそうにおずおずと手を挙げた。

「おっと、忘れていた、すまなかったな比香里。で、なんだったっけ？」

「えっと、その……実は私、まんが、読んだことないんです……一冊も……」

「え、一冊も!?」

俺が素直に驚くと、比香里は気恥ずかしそうに笑って頬《ほお》を掻《か》いた。

「はい、基本的にお父様から許可されていた娯楽が小説だけで……。あ、映画はものすごく昔のものを観たことはあります。ピアノをやっていたのでクラシック音楽の知識も多少は……でも、まんがやアニメはほとんど知らないんです」

漫画やアニメをほとんど知らない。お嬢様育ちだからと言って、情報化社会の今どき、そこまで純粋培養というのがありえるのだろうか……？　ということで、俺はある手段で比香里をテストしてみることにした。

「第一問！」

「えっ、えっ？　い、いきなりクイズですか!?　が、がんばります！」

突然始まったクイズに、比香里は戸惑いながらも襟を正した。

「『孫悟空《そんごくう》』と言えば何のキャラクター!?」

「えっ!?　さ、西遊記ですか……！」

「第二問！　『封神演義《ほうしんえんぎ》』と言えば？」

「あ、なんだか昔の中国にそんな怪奇小説がありましたよね！　恥ずかしながら読んだことはないんですけど……えへへ……」

「第三問！　『ワンピース』は持っているか!?」

「特別な時しか着ないんですけど、お気に入りの白いワンピースは一着持ってます！」

急造クイズ大会を終え、俺たち創造部員は誰ともなく顔を見合わせて言った。

「……本物だ！」

「え、な、何でしょうか……!?　今のクイズ、私間違えちゃってましたか!?」

比香里は不安そうにおどおどしている。

「いや、正解は正解だが……比香里、お前……漫画とかアニメの知識が本当にないな！」

俺は比香里に向かって断言した。

「えええええ！　だからそう言ってるじゃないですか！　ていうか、なんで今のでわかったんですかー!?」

ちなみに、オタクかどうか判別クイズには、他にも「『ナルト』と言えば？」や「『ブラックジャック』と言えば？」などが存在する。

すると、菜絵《なえ》が腕を組んだまま比香里《ひかり》に問いかけた。

「あのさ。星月《ほしづき》さんって最近の映画は観てないの？」

「えっと……お恥ずかしながら……あまり……」

比香里は気恥ずかしそうにもじもじして言った。

これはもしかしたら……この比香里という少女は、『俺たちの映画』に衝撃を受けたのではなく、ただ体験したことのなかった娯楽に衝撃を受けているだけの可能性が……？　昔の時代に初めて映画を観た人と同じ反応なのでは……？

そんな嫌な予感が、一瞬だけ俺の脳裏に過《よぎ》った。

「そーすけ、本当にだいじょうぶか？　このひかりをうちの部活に入れて……若葉《わかば》たちと話があうかな……？」

そんな俺の不安を汲《く》み取ったかのように若葉も不安そうな表情を見せる。先ほどまでの漫画トークとの落差を考えたら、それももっともだ。

だが——俺は。あの映画に感激して来てくれたというだけで、もうこの比香里を、創造部から逃したくはなかった。

何しろ、数少ない味方になってくれそうなやつなのだからな！

そこで、俺は訥々《とつとつ》と語り出した。

「……確かに、比香里は現時点ではオタク知識は薄いのかもしれない。すぐに俺たちの会話についてくることはできないかもしれない。だが……それはことさらに責められるようなことでもないだろう？　誰しも、生まれた時はオタクとしてにわかなんだ」

そして、比香里に向けてびしい、と指を差した。

「それに、この比香里には、クリエイターとして一番大切なものがある！」

全員の目が一点に集中する。比香里自身も虚を突かれたように軽く左右を見渡してから戸惑う。

「えっ？　わ、私に……ですか？」

「自分に何ができるのかわからない。何も知識はない。だけど、何かを作ってみたい……その気持ちを……『初期衝動』と呼ぶんだ！　それは、クリエイターの必要十分条件だ！」

「初期衝動……？」

今、自分を突き動かしている謎の感情の正体を聞かされた比香里は、途端に目を輝かせ始めた。

「初期衝動……この私の気持ち、それなんですね！　あの映画を観てから、勝手に身体《からだ》が動いて、気付いたらここに来ていたんです！　その気持ちが、初期衝動……これが初期衝動！」

比香里《ひかり》はまるで母親が愛おしい子供の名前を呼ぶように、自分の胸に手を当ててそう何度も繰り返したのだった。

「よかったな、自分の気持ちに名前がついて。実感がわいてきたんじゃないか」

「はい、あと少しでこの気持ちにモリモリパワーとかムクムクドリームみたいな名前を付けるところでした！」

「それはそれですげえ言語センスだな……」

＊　＊　＊

そんな話をしながら五分ほど歩いているうちに、俺たちは部室まで到着した。

本校舎一階の廊下の隅にある、少しだけ大きな角部屋。ここが、俺たちが放課後ほとんどの時間を過ごす、俺たちにとってもう一つの家《ホーム》。創造部の部室だった。

「比香里、よく来たな。歓迎する。ここが、創造部の部室だ！」

そして俺たちは、創造部の扉をゆっくりと開いた。

「わあ……！」

部室に一歩足を踏み入れた比香里は目を見開いて輝かせる。

俺からしてみれば見慣れた景色ではあるが、初見の人間にとってはなかなか壮大な光景であろう。

まず最初に目に飛び込んでくるのは、4台にも及ぶ、天井近くまで高さを持つ巨大な木製の本棚。その中には漫画、DVDが所狭しと並んでいる。しかもみんながおすすめの作品をラインナップとして頻繁《ひんぱん》に入れ替えていくため、常に最新のエンタメに触れられるというわけだ。

部屋の左奥には、主に菜絵《なえ》や俺の使う「作業スペース」。液晶タブレットの置かれた漫画執筆用机と、ノートパソコンなどを置いて作業のできる広い作業机が並んでいる。

その向かって右には、完全に別室として仕切られている、主に若葉《わかば》や千春《ちはる》が使う完全防音の「録音・撮影スペース」。その窓を挟んだ手前側にはPA卓、および主にみとせ先輩がCGを作る超ハイスペックのデスクトップパソコン、愛称・アリソン2号（みとせ先輩いわく、なんでも『あり』のすごいパ『ソ』コ『ン』の二代目だから……ということらしい）が設置してある。

そして部室の中央には、ひときわ大きな机が鎮座していて、移動型ホワイトボードなども備え付けてあり、会議をするのに適した構造となっている。

俺は常日頃から自負している。

この場所、創造部の部室こそが、ありとあらゆるクリエイティブのために最適化された、すべてのクリエイターにとっての理想郷なのだ！

「す、すごいです……！　部屋全体からの圧力がっ……」

「はっはっは。そうだろう。機材も、資料もすべて使い放題っ！　どんな漫画喫茶でも、こうはいかないぞっ！」

「あれ？　でもさっきの映画で、うんちまみれになってたとこですよねここ？　もううんちは拭《ふ》き取られたんですか？」

「あれはCGだっ！　……っていうか、お嬢様がそんなにうんちって連呼するな！」

「でもわかる……若葉もさいしょにうんちって言えた時はなんだか大人のかいだんを登ったようで、うれしくて何度も言った……」

若葉が変な所で共感して頷《うなず》いていた。

「どう考えても、大人の階段を逆走してるようにしか思えないが……」

そこで俺は改めて我が部室を見渡し、感慨にふける。

「この部室の機材にはな……俺たちがこの学校に入る前、先代の創造部員から連綿と受け継がれてきたものも多いんだ。詳しくは知らないが、過去にはこの部活をきっかけにプロの世界に羽ばたいていったクリエイターも存在するらしい」

「なるほど、その伝統を湊介《そうすけ》さんも受け継いでいくわけですね！　ローマは一日にしてならずですねっ！」

「そうだ！　歴史を背負う男、澪木《みおぎ》湊介。ふふふ……いい響きだな」

菜絵が、やれやれと言った感じで比香里《ひかり》をフォローする。

「……ごめんね、偉ぶってて。こいつ、でかい顔するの好きだから。こういうもんだと思って」

「いえいえ、私、でかい顔も個性的でいいと思います！」

「でかい顔は例え話だ！」

ていうか俺、顔でかくないよな？　なんだか比香里《ひかり》に言われると不安になってくる。

「それにしても、本当に色々設備があるんですね……。あ、この紙はなんですか?」

部室内を見て回っていた比香里は、一番目立つところの壁に貼られた、古めかしい一枚のA3サイズの紙の前で立ち止まる。俺たちもゆっくりとその紙の前に歩いていくと、みとせ先輩が慈《いつく》しむようにそれをそっとさすって言った。

「これはね、わたしたちが創造部の活動をする上で拠《よ》り所にしているもの」

そして俺たちは、改めてその紙に書いてある文言を注視する。


『創造部の基本三原則』

一・一つでも多く作品を創るべし！

二・作り始めた作品は必ず最後まで完成させるべし！

三．ケンカはなるべく避けるべし！

以上を守って、クリエイターとしての圧倒的成長に臨《のぞ》まれたし！

「基本三原則……」

比香里は、圧倒されたようにぽかんと、そのA3いっぱいに書かれた基本原則を見上げていた。

「これは最初にこの部活を立ち上げた、通称『創造部第一世代』という人たちから伝わっている原則なんだ。一応、それぞれの原則に補足説明も伝わっているから、それも読み上げて解説しておくな」

俺は、その傍《かたわ》らに設置されているリーフレットを取り上げて、各原則の補足をしていく。

一．一つでも多く作品を創るべし！

大切なのは質よりも量である。とにかく創造部として一つでも多く作品が発表できるように最善を尽くすこと。アマチュアがクオリティで悩むのは十年早い！　悩むより先にガンガン作れ！

「……とにかく数を創れという教えだな。この第一原則のお陰で、俺たちはスケジュールに隙間さえあれば、ガンガン攻めの姿勢で作品を創っていかなければいけなくなっている。その忙しさたるや、〆切《しめきり》前には必ず逃亡者が出るほどだ。主に千春《ちはる》だがな」

「でも、週刊連載漫画に比べたらだいぶマシだって思うけどね」

そう菜絵《なえ》が補足した。

「そりゃあ、週刊連載の漫画家はこの世で五指に入るほど過酷な職業だからな。肉体的にもだが、毎週一本作品を仕上げなければならないという精神面でのプレッシャーは想像を絶するだろう」

「実際、週刊連載のギャグ漫画家とか、よく連載終了後に燃え尽きてるもんね……」

「ちなみに、その〆切に終われ続ける漫画家の生態系の頂点に植田まさし先生が存在する。植田まさし先生は、基本的に描き溜《た》めを使わずに三十数年もの間、毎日一本コボちゃんの新作を描き続けているらしいからな。他の仕事もこなしつつだぞ？　神だ」

「一日一本……すさまじい方がいるのですね……」

比香里《ひかり》が感心していた。

「しかしまあ、そのぐらいの覚悟とペースでものを作ることを俺たちも目指していけということだな。それから次」

二、作り始めた作品は必ず最後まで完成させるべし！

未完成に終わった創作で経験値は増えない。一度作品を作り始めたら、エンドマークを打つまでは石に齧《かじ》り付いてでも完成させろ！　その結果、黒歴史が生まれても気にするな！

「これが第二原則。一度作り始めたら、俺たちは絶対にその作品を終わらせないといけないんだ。この原則があるせいで、クソフラシツボドリルの映画も、無理矢理完成させることとなった……この原則がなかったら諦《あきら》めていただろうな」

「この原則のお陰で、私はあの映画を観ることができたんですね！」

比香里は嬉しそうにそう言った。

「そうとも言えるが……さっきの第一原則と合わせると、俺たちはとにかく黒歴史を量産しないといけないことになるからな……俺はこの三原則の考案者はドSなんじゃないかなと思っている。次で最後だ」

三．ケンカはなるべく避けるべし！
クリエイティブ活動には共同作業が多い。クリエイターのエゴは完全に否定されるものではないが、協調性を最優先にせよ！　万が一、色恋沙汰《ざた》とかが起きてしまったら……仕方がない。それも青春である。大いに奪い合ったり殴り合ったりするべし……

「この第三原則だけちょっとゆるいんだよな。どうしようもなければどうしようもないという諦念《ていねん》が滲《にじ》み出ている」

「きっと、実際に色恋沙汰《ざた》があったりしたんだと思うんですよ。でなきゃこんな甘くならない」

千春《ちはる》はしたり顔で推理を披露した。俺も同感だが。

「まあ、サークラ（サークルクラッシャー）はいつの時代にもいただろうからな……」

「サークラって何ですか？　桜か何かのことですか？」

そう尋ねる比香里《ひかり》に、みとせ先輩が答える。

「クレオパトラみたいな、戦争の原因になる女のことよ」

「あ、それなら理解できました！　傾国の美女というやつですね！　私、歴史は得意なので！」

比香里は嬉しそうに頷《うなず》いた。なんだか、サークラという概念が壮大なものに思えてきた……。

でもまあ、サークラって実際環境が整えばそこまで美女でなくてもなれるんだがな。特にオタサーの姫なんかは……。その辺りはまた闇《やみ》になるが。

と、一通り俺たちが説明を終えたところで、みとせ先輩は比香里の肩にぽんと手を置き、優しく語りかける。

「ということで、これがわたしたちが活動の拠《よ》り所にしている三原則！」

そこに若葉《わかば》もどことなく格好付けながら付け足した。

「ちなみに『想像部第一世代』……それが何年ほど前の先輩たちなのか、どういう面子《めんつ》だったのかは、誰もしらない……しられちゃいけない……」

「第一世代……格好いいです！　古代ギリシャの七賢人のようで！」

そんな大それたものではないと思うが。

「でも、この原則を今日から私も胸に刻み込みながら生きなければならないんですね……！

がんばります！」

比香里が、その言葉にいたく感銘を受けたようで、がんばるぞいと言わんばかりに両腕を引き絞って気合いを入れた。

「とりあえず、朝昼晩に三回唱和すれば大丈夫ですか？」

「宗教みたいになってるよ！　なにもそこまでしなくてもいいから！」

思い込みが激しくて行動力がありすぎるのが玉に瑕《きず》だな、この子は……。

＊　＊　＊

比香里が一通り部室内を見渡し終わったところで、俺に一つ考えが浮かんだ。

「そうだ。さっきの映画に感銘を受けたという比香里に、いいものを見せてやろう」

「え、なんでしょうか……？」

期待に満ちた表情を見せる比香里の前で、俺はアリソン2号（デスクトップパソコン）をスリープ状態から復帰させた。その画面には、クソフラシツボドリルと俺たちの映像が静止したまま映し出されている。先ほど上映した映画の、編集終了直後の画面だった。

「あ！　これ！　私がさきほど感銘を受けたものです！」

比香里《ひかり》は目を輝かせてそれを食い入るように見つめている。

「これは、映画に最終的な仕上げを施《ほどこ》すプリプロという作業をしていたもので、このソフトでみとせ先輩にCGを合成してもらったわけだ」

俺は、編集ソフトをいじって、CG合成前と後の映像を交互に比香里に見せてやった。

「CG……なるほど、コンピュータグラフィックというやつですね……ということは……」

比香里は、何かを考えこむように暫《しばら》く悩んでから、何か衝撃の事実に思い至ったように目を見開いた。

「もしかして、クソフラシツボドリルって実在してなかったんですか!?」

「当たり前だろ！　あんな生物が地球上にいてたまるか！」

「ちょっとがっかりです……この部室で飼ってるペットか何かと思ってたんですが……」

比香里は露骨に落ち込んでいた。

「いくらお嬢様でも、CGぐらい知っていてもよさそうなものだがな……」

「わ、私でもCGぐらい知ってますよ。でも先ほども言いましたが、数少ない私が観てきた映画でも、セットやエキストラは本当に使ったり作ったりしていたもので……作品で言うと『イントレランス』とか『メトロポリス』とかなんですが……」

その辺りの作品はさすがに俺も観たことはなかった。大規模な予算やエキストラを使って映画黎明《れいめい》期に作られた大作として名前を知っていた程度だった。この部活内だと一番映画に詳しいつもりだったが……まあ、映画は歴史が長いからな。

「まあ、確かにその辺りの時代から最先端のCGに来たらびっくりするよな……そうだ。ついでに、この映画の企画書と脚本も見せてやるとしよう」

俺はパソコンの横に積まれた紙束の山から、大きなクリップで留められた一冊の企画書を引っ張り出し、比香里にぽんと投げてやった。

「わわ……これは……？」

「映画に限らずだが、創造部で何か作品を作る時にはまずこういう企画書を作るんだ。それから会議が行われて、実際に制作するかどうかが決定されることになる」

比香里は、そのページをペラペラとめくり出した。ちなみにその内容は、こんな感じだ。

5月　創造部　全校向け部活紹介用映画
『終末怪獣　クソフラシツボドリル』　企画書　4／13　澪木《みおぎ》湊介《そうすけ》

【スタッフ】

企画・脚本・監督　澪木《みおぎ》湊介《そうすけ》
絵コンテ　楠瀬《くすのせ》菜絵《なえ》
3DCG制作　桃栗《ももくり》みとせ
出演　澪木湊介、楠瀬《くすのせ》菜絵《なえ》、桃栗みとせ、日向《ひゅうが》夏若葉《なつわかば》、武見《たけみ》千春《ちはる》

【企画概要】

まず、部活紹介映画といえど、一本の映画として志が高く、なおかつ若者に支持される作品でなければならない。

この現代社会に我々が描くべきテーマとは何だろうか。

終わりなき不況、繰り返される政治不信。それらは、若者世代の絶望として我々の間に根深く横たわっている。

そんな現代社会の諸問題をカリカチュアしてエンターテインメントとして提供するには、怪獣もの、そして終末ものしかないであろう。

かつて戦後の鬱屈《うつくつ》を代表した初代ゴジラのように、または原発事故を含む社会不安を反映した庵野《あんの》秀明《ひであき》のシン・ゴジラのように、我々も高校生の立場から怪獣ものを制作することで、真に世代を代表する作品を制作することができるのである!

ちなみに、これが最初に菜絵に見せた時には『背伸びしすぎ』と言われた企画書部分である。強行したわけだが。

「おお……すばらしい企画書ですね！」

「おお、比香里《ひかり》はわかってくれるか！」

「感銘を受けました……！　このような深謀遠慮《しんぼうえんりょ》を経て、あのようなうんち怪獣が登場することになったわけですね！」

それは、間違っていた。正直なところ、企画書の時点では、あんな怪獣が出てくるのは完全に想定外だった。

みとせ先輩にCGを依頼した時には、モグラをモチーフで、とは言ったが、せいぜいカメからガメラになったレベルのアレンジで済むと思っていたのだ。

無駄にハイレベルかつ独特のセンスを持つ３ＤＣＧアーティストにモデル作成を依頼したことにより生まれた悲劇。だが……

「もちろんだ！　何しろ飽食の時代だからな！　増え続ける人口と、住居の不足も裏テーマとして挿入してあるんだ！」

俺は思わず、見栄を張って自分の手柄にしてしまった。

「わー！　なんだか、うんちさえドラマチックなものに見えてきました！」

ていうかこの子、やっぱりどう考えてもうんちって言うのを楽しんでないか？

一方、そんな俺たちの会話を聞いて、菜絵《なえ》とみとせ先輩がひそひそと話し込んでいた。

「……みとせ先輩、あいつ適当言ってる。あれみとせ先輩の作った怪獣ですよ」

「まあ、今は放っておこうかしらね〜。後で口止め料に何をおごってもらおうかな〜」

二人のそんな小声での会話がうっすら聞こえてくるのが怖い……。

「それにしても、一本の映画を作るのに、これだけのことを考えてらっしゃるとは……あっ、この2ページ目以降が脚本ですね！」

比香里《ひかり》は真剣な顔で脚本に目を通し始める。

「ふふ、どうだ、映画を観た後に脚本を見るのもなかなか新鮮な体験だろう」

俺が調子に乗ってそう言うと、菜絵が入念に釘を刺してきた。

「……ちなみにその脚本、湊介が〆切《しめきり》三日前まで上げてこなくて大変だったんだけどね」

「そ、それは……別にいいだろう、間に合ったのだから……」

なにより大事なのは、最終的に作品が完成することなのだ。だからこそ俺は……まあいいか、それは。

「あーあ、時間さえあればあのクソフラシツボドリルももっとリアルにできたのになー」

みとせ先輩が口惜《くちお》しそうに言う。あれ以上リアルなCGを作る気まであったのかよ。そして比香里は、しばらくその脚本をうっとりと、愛しいもののように眺め続けていたのだが、

「はー、本当にすごいです！　ここが熱源だったんですね！　私が感じた熱が、全部ここに詰

まってて……」

そう言うと満足したように顔を上げて、俺にとびきりの笑顔を見せた。

「私も……私もいつか、こういうものが作れるようになりたいです！」

「ははは！　このハイパー・クリエイト・プロデューサーである俺の偉業を煎《せん》じて飲むといい！　みっちり俺の下で半年は勉強したら、比香里も脚本の一本ぐらい書けるようになるかもな！」

「はい！　よろしくお願いします！」

先ほどからの褒《ほ》められっぱなしの展開に、自尊心が満たされまくる。素晴らしい。この比香里が部活に来てくれて本当によかった……そんなことを考えていた時だった。

比香里の表情がやや訝《いぶか》しげなものに変わり、首を傾《かし》げながら脚本の一箇所を指差して俺に見せてきた。

「でもあの、湊介さん、ここの文章でちょっと思ったんですけど……」

「――ん？」

若葉《わかば》【ふふふ……まにあったな……いま研究所からこれをもらってきた……】

「若葉さんのここの台詞《せりふ》なんですけど、この部活の五人が人類最後の生き残りのはずなのに、どうしてガスを研究所からもらってこられたんですか？」

「え……？」

その比香里《ひかり》のごもっともな指摘に、周りも便乗し始める。

「あ！　そこ、ボクも気になってたんです！　澪木《みおぎ》先輩、その辺の周辺設定は適当ですよね！」

「ガバガバ脚本ってのは、若葉《わかば》もいったぞ」

「……だから、背伸びしすぎだって言ったじゃん」

「そ、それは……」

味方だと思っていた比香里の一言、しかも完膚《かんぷ》なきまでに正しい指摘によって、部室内での俺の立場が少しだけ揺らいでいくのを感じる。

だが、ここで退《ひ》いてしまったら、俺にはもうこの部活で立つ場所がなくなる。そんな予感があった。

だから俺は——

「はっはっは！」

とりあえず笑い飛ばすことにした。

「え？　な、なんでしょうか？　私、また何か……？」

比香里が、何が何やらわからない、というような表情を見せる。

「あー、比香里はそういう細かい理屈を気にするタイプなんだな。わかるわかる。俺にもそんな時期はあった。そういう作品の見方も否定はしないさ。だが……初心者にわかるように説明するとな」

俺は、いつもの理論で比香里を丸めこみにかかる。俺は、ホワイトボードの前につかつかと移動すると、その板面に赤ペンで「キャラクター」と「エモーション」という二つの単語を書き込んだ。

ちなみに、俺はホワイトボードで物事を説明することを非常に好んでいる。なんとなくインテリっぽく見えるし、ホワイトボード一枚あれば世の中の真理はだいたい説明できるからだ。

「今の時代、てっとりばやく金を稼ぐためのトレンドは、細かい整合性よりもキャラクターとエモーションを重視することなんだよ！　そうだな、そのあたりはあそこのアニメＤＶＤ棚にある学園アイドルアニメをいっぺん観て勉強してみるといい。最終回付近の、全国大会とかのどうでもよくなりっぷりすごいから。エモさだけで成立してる脚本ってああいうことだから」

「えっ、でも……」

比香里は、何か反論したそうに見える。実のところ、その気持ちは理解できる。しかし、俺は屁理屈《へりくつ》で押し切ることに決めた。

「いいか。歴史上、大ヒットを飛ばしたアーティストの陰には、名プロデューサーがいたことが多いんだ。比香里は知っているか知らないが、ビートルズに対するジョージ・マーティン！　ミスチルに対するコバタケ！　星飛雄馬《ほしひゅうま》に対する星一徹《ほしいってつ》！　優れたプロデューサーがアーティストのヒットを導く！　つまり……比香里は黙って俺についてくれれば間違いはないのだ！」

俺は、適当なことを言いながら巧妙に論点をずらした。最後の組み合わせとか、別にプロデューサーではないしな。

「そうなんですか……そう、ですね……ええと……なんだか、ごめんなさい……」

比香里《ひかり》はしゅんとして落ち込んでしまったようだった。……だが、これでハイパー・クリエイト・プロデューサーの威厳は保てたに違いない。

「わかってもらえたようで嬉しいぞ！　なんせ俺たちが目指すのは、もっとグローバル的なビッグビジネス……」

「……湊介《そうすけ》」

すると、菜絵《なえ》が射竦《いすく》めるように言葉を投げてきた。

「湊介は、その子に部活に居てほしいの？　それとも、自尊心を満たしたいだけなの？」

「……え？」

菜絵は、俺の顔をじっと見ながら言った。

「それは……」

俺は思わず眼を逸《そ》らしてしまう。

すると、視界の端に、なんだか本気でしょんぼりしている比香里の姿が見えた。部屋を見回すと、俺以外の部員全員が、俺に何かを期待するような表情を向けているようだった。

俺に、フォローしろと？　俺が言いすぎたから？

……ああ、わかったっての。なにしろ俺は、この創作集団を纏《まと》める、ハイパー・クリエイト・プロデューサーだからな。それぐらい……やってやるさ。

「し、しかし比香里よ！」

俺は、俯《うつむ》いたままの比香里に向かってぶっきらぼうに言う。

「今思うと、さっきのは、ナイス指摘だったたな」

そう言うと、比香里の顔に光が差した。

「……え？」

「創作のクオリティを上げるための努力は、できるならした方がいいのは当然だ。最終的な判断は俺がするが、比香里、これからも俺たちの作品で何か気になったことがあればいつでも指摘してくれ！」

俺があまり嫌味にならないように気を使いながら言うと、比香里の顔がぱあっと明るくなった。

「はい！　私、子供の頃から、なんでなんだろうって思うことが多くて！　たとえば桃太郎とかのお話を聞いても、どうして動物じゃなくて人間を集めて鬼退治に行かないんだろうとか……そういう細かいことばっかり気になってしまっていたんです」

「それはさもありなんだが……」

正直な話。俺は重箱の隅をつつかれるような指摘を受けるのは好きではない。……だが。

「こんな私でも……お役に立てますでしょうか？」

比香里《ひかり》は、いたずらっぽく、懇願《こんがん》するように上目遣いで微笑《ほほえ》んで見せた。そんな比香里を目の前にして俺は——

「あ、当たり前だ！　そこらの器の小さいやつなら違うだろうが、俺は器が大きいからな！　ピクサーのように、あらゆる可能性を討議しつつ脚本を作り上げるのもグローバル的と言えるだろう！　これからもどんどん指摘してくれよな！」

思わず、そんなことを口走ってしまった。

「わあ、ありがとうございます！」

比香里は、俺の手を握ってぴょんぴょん跳ねた。

「そーすけ、ろこつな器大きいアピール……」

「自分で自分の器の大きさをアピールする人にろくな人はいないと思うんですけど……」

若葉《わかば》と千春《ちはる》からそんなツッコミが入ったが、俺は意に介さぬことにした。

「はっはっは！　俺の器が大きくて、本当に良かったな！　もう少し器が小さかったら、指摘に腹を立てて比香里と対立することになっていたぞ！　はっはっは！」

そんな俺を見て、部屋の隅で菜絵《なえ》がはあ、とため息を吐《つ》いているのが見えた。

……少し調子良すぎただろうか？

いや、創造部、基本三原則の三だ。

協調性を大事にしなければいけない。だから……不和の芽は早めに潰《つぶ》しておくのが一番なのだ。

そう、これは決して——自分の立場を守るためだけにやったことじゃない。

……俺は、拡大解釈が得意だ。

クロハルSS 『ナエ先生のイラスト教室』

ふふふ、萌えキャラの絵が描けたぞ。
これを twitter に流してアクセスを稼ぐぞ！

小説を書かずに何描いてるのよ……ちょっと見せて

なにこれ、関節がぐにゃぐにゃじゃない

ちょっと貸して、ペン入れさせて。
ここは、こう、それでこう……

ごめん。つい内臓が出てきちゃった……

なんでそうなるんだよ！

創造部　部員プロフィール②

楠瀬菜絵

Nae Kusunose

専門分野：２Dイラスト・漫画
クラス：2-A
誕生日：10/30
身長：158cm
体重：42kg
趣味：マイナー漫画鑑賞、球体関節人形作り、お風呂
好きな音楽：syrup16g、筋肉少女帯などの内省的な邦楽ロック
言われると否定したくなる言葉：「メンヘラ女」（メンヘラじゃない。サブカルなだけ）

「さて、こうして比香里《ひかり》に部室は見てもらったわけだが、次はどうするか……」

俺が次の一手を思案していると、比香里がにこにこしながら手を挙げて言った。

「私、この部活でみなさんがしてらっしゃることを具体的に知りたいです！」

「なるほど！　それでは、この部活の面々の得意創作ジャンルと、その表現技法をそれぞれに教えてもらうツアーというのはどうだ？　それを聞いてから、比香里が何をしたいかじっくり考えればいい」

「おおー、それはいいですね！　ぜひ、よろしくお願いいたします！」

まあ、この部活内では必要に応じて専門分野以外のことをすることも多いのだが、各分野のスペシャリストの話というものは聞いておいて比香里にも損はあるまい。

「ということでみんな、定位置に戻ってくれ」

俺はぱんぱんと手を叩《たた》いた。

「……人をピクミンみたいに扱わないでよね」

なんて菜絵《なえ》の抗議もあったが、みんなはぞろぞろと定位置（クリエイター陣はそれぞれの作業場所、パフォーマー陣は中央のテーブルの周り）に戻っていった。

「……さて。誰から紹介するのがいいかな……」

と俺が悩みながら思案していると……。

「最初は、澪木《みおぎ》先輩からお願いしますっ！」

千春《ちはる》がぱちぱちと拍手しながら俺にリクエストを出してきた。

「そーすけのたましいのさけび、きかせてもらおう！」

それに乗っかって若葉《わかば》も拍手し始める。気がつけば、比香里もニコニコしながら拍手をしていた。

「そうか……まあ俺がいなければこの部活は始まらないからな、ふふふ、よかろう、俺から行こうではないか」

俺は、軽く格好つけるように咳《せき》払いしてから、比香里に言った。

「ということで、改めて自己紹介しよう。俺が、澪木湊介《そうすけ》だ。この部活での肩書きはハイパー・クリエイト・プロデューサーで通っている」

そこで、比香里がおそるおそる手を挙げて尋ねてきた。

「あの……湊介さんは、先ほどから何度も自分のことをハイパー・クリエイト・プロデューサーとおっしゃってますけど……それって一体、どういうものなんでしょうか？」

「つまりクリエイターでありながらプロデューサーもこなす、マルチな天才ということだ」

「あっ、二足のわらじということですね！」

情緒のない言葉に言い換えられた……。

「俺は二年生ではあるが、みとせ先輩の許可を得て、この創造部の作品作りに関してある程度の権限を与えてもらっている。なぜなら、この部活で俺ほどクリエイティブを知っている人間はいないからだ。年間映画鑑賞数100本オーバー！　年間ラノベ読破数100冊以上！　アニメが始まれば各クールのほとんどを完走！　このように圧倒的なインプットから時代の趨勢《すうせい》を読み、大衆が求める企画や脚本をアウトプットし続ける、ハイパープロデューサーにしてハイパークリエイター、それが！　この俺なのだ！」

俺は歌舞伎のように見栄を切ってみせた。正直に言うと、各インプット数なんかはだいぶ盛っているが構わないだろう。最初はハッタリが肝心なのだ。

「よっ！　澪木《みおぎ》先輩！　学校一のムダ知識量！」

千春《ちはる》もいい感じの合いの手を入れてくれた。俺にとっては褒《ほ》め言葉だ。

「ははは、その調子だ！　みんなも、もっと俺の素晴らしいところを比香里《ひかり》に紹介してやってくれ！」

そんな俺の煽《あお》りに対して、部員のみんなが好き勝手に俺評を言い始める。

「湊介《そうすけ》くんは気持ちの浮き沈みが両極端なのよね～」

「澪木先輩は強い者に弱くて弱い者に強いんですよ！　すごく卑怯《ひきょう》で、憧れます！」

「そーすけは、いやなことはぜんぶ後回しにするタイプ。最強のげんじつとうひりょくをもつ」

「……ビッグマウスだけど、内心は超ビビリ」

「お前ら、全然褒めてるように聞こえないぞっ！」

俺はこほんと咳《せき》払いをすると、改めて仕切り直す。

「まあ、それはともかく、実作業の話をすると、プロデューサー業としては、企画出しや全体の方向性の指示。クリエイターとしては、脚本・小説執筆などの文筆業がメインになるわけだ」

そう言うと、比香里の顔がぱっと明るくなった。

「小説は私も好きです！　ピアノを除けば、ずっと小説がほとんど唯一の娯楽だったので！」

「おお、そうか。さっきもそんなことを言っていたな。俺も物書きの端くれだから、それなりに小説は読んでいるぞ。例えばガガガ文庫とかは、奇を衒《てら》っているようで、いろんな意味でこじらせているだけの作家が多いレーベルだが、それなりに面白い作品も多いしな」

「えーと……ガガガ……は存じませんが、私が読むのは主に岩波文庫が多いですね！」

「ほお……それはまた……」

ガチガチのハイカルチャー嗜好《しこう》だった。そして、俺の守備範囲外だった。

「ブロンテ姉妹とか、ディケンズ先生とか、イギリス文学が好きです！」

俺の脳内でブロンテ姉妹？　ディケンズ先生？　という感じに疑問符が乱舞する。俺の語感だけの第一印象だと、ブロンテ姉妹は氷の能力者だし、ディケンズ先生は死体を改造してサイボーグを生み出すマッドサイエンティストだった。だが、それらの知識がないことを悟られるわけにはいかない。なのでそっと話を逸《そ》らす。

「ああ、イギリス文学もいいものだな……だが、純文学は冬の時代だ。ビジネスを考えるなら、今はライトノベルに限るな」

「ライトノベル……ですか？」

比香里《ひかり》はきょとんとしながら言った。

「挿絵がついている、オタク向けの小説のことだ」

「ああ、なるほど! そういう小説が流行っているというのを、本屋さんでぼんやり聞いたことがあります! 挿絵がついてて読みやすい……だから、軽い小説なんですね！」

その物言いに、俺の自己顕示欲がムクムクムクと頭をもたげてしまう。

「ちょっと待ってくれ。俺の小説をそこらのライトノベルと一緒にしないでほしいな」

「え？」

「通常のライトノベルはLight（軽い）なノベルだが、俺のライトノベルは混迷したこの時代を照らし出すRight（明かり）ノベルという意味だ！」

俺は、ホワイトボードに英単語を書き込みながら、思いつきだけの適当なことをすらすらと淀《よど》みなく喋《しゃべ》る。

「わー、さすが湊介《そうすけ》さんです！　時代性を意識した崇高《すうこう》な志……。あれ？」

比香里が、何かを確認するかのように、指で掌《てのひら》になにやら文章のようなものを書き始めた。

「どうしたんだ？」

「明かりのライトも綴《つづ》りはやっぱりLですよね？」

「……えっ⁉」

俺は、慌てて周りのみんなの顔を見渡した。確かに、勉強ができそうな面々（菜絵《なえ》とみとせ先輩）はみんな、そりゃそうだ、というような顔をしていた。千春《ちはる》は、そっとスマホを指で操って……

「はい、澪木《みおぎ》先輩、これ辞書です」

そっと、スマホの英和辞書の検索結果を俺に見せてくれる。Light＝明かり。言い逃れしようのない事実がそこには記載されていた。

「あぁ……」

俺は、床に倒れ込むようにして身体《からだ》を捻《ひね》りながら悶絶《もんぜつ》した。

「あ、素で間違えた顔してる」

「……これははずかしい」

菜絵と若葉《わかば》がひそひそと俺について話しているのが聞こえてきた。

「おおおお」

羞恥心《しゅうちしん》。穴があったら入りたい。そんな感情が俺の内側から溢《あふ》れだし、やがて死にたみとして無尽蔵《むじんぞう》に口をついて出てきた。

「巨大な虫眼鏡で光を集められて死にたい……。ラーメン三銃士の具のメンマになって死にたい……。南海の孤島でカカオ豆と一緒に出荷されて死にたい……」

俺の死にたみコレクションに新たな表現がまた追加され、若葉《わかば》がメモろうと携帯を取り出した……そんな時だった。

俺の視界の隅に、すっと人影が入ってきた。

「……比香里《ひかり》?」

比香里が、俺と同じ高さになるまで身を屈めて、俺の隣にそっと並んだ。比香里は、俺に向けてガッツポーズを作ってみせる。

「大丈夫ですよ、湊介《そうすけ》さん! 人間ですから間違えることもあります! それより大事なのは、小説の中身です!」

「比香里……」

その励ましを聞いて、俺は——

「それもそうだな!」

バネのように起き上がった。そのまま比香里をびし、と指差して激賞の言葉を贈る。

「比香里、お前はスジがいいぞ!」

そんな様《さま》を見て、菜絵《なえ》と若葉が呆《あき》れていた。

「復活が早い……」

「たんじゅんだいまおう……」

まあ、来たばかりの比香里に情けないところを見せるわけにもいかないからな。

「いや、自分の本分を思い出しただけだ。そう、大事なのはフォーマットではない、何を書くかなのだ！　今のは、比香里に向けたちょっとしたテストだったんだよ！」

「あっ！　テストだったんですね！　すみません、私、本気にしてしまって……えへへ……」

比香里は気まずそうに頭を掻《か》いた。

「自分のミスを棚に上げることに余念がないわね～」

みとせ先輩が半ば呆れながら言った。

「まあ、いいではないか。それに、俺はライトノベルの分野では実績も残しているんだ」

「実績……ですか!?　それは……!?」

周囲のみんなは何度も聞いたというようなうんざり顔をしていたが、比香里が食いついているのを確認して、俺は続ける。

「俺は自慢ではないが……とあるライトノベルの新人賞で、一次選考まで通ったことがある！」

ぶっちゃけ自慢だった。既存の部員たちには腐るほど言ってきたことだった。

「へえー！　よくわかりませんが……すごいですね！」

「ははは！　しかも、なんと今から二年前……まだ中学生の時分に一次通過だからな！　俺はすさまじい関門を超えたのだ！　例えるならドーバー海峡を単独で泳いで渡るのに成功するレベルだ！」

「……一次通過でどう考えても盛りすぎ」

菜絵《なえ》は相変わらず手心を加えずに厳しいことを言ってきた。そこに、一年生二人がフォローを入れてくれる。

「でも、いつもこの部活の作品の脚本とかも、澪木《みおぎ》先輩が書いてくれるんですよ！　先輩がいないとこの部活が始まらないのは本当ですから！」

「そーすけは、いつも最初の〆切《しめきり》には遅れるが、最後の〆切までにはぜったいもってくる……人よんで、奇跡の男……！」

「がっはっは、それほどでもあるぞ！」

背筋を反らしていばる俺に、比香里《ひかり》はにこにこしながら言った。

「湊介《そうすけ》さん、すごいです！　それで私、その湊介さんが一次突破したというライトノベルの過去作を読んでみたいのですが、どこに収納されているのでしょうか!?」

まったく悪意なく比香里は言った。だが……俺の背筋は凍り付く。その展開はまずい。

俺が前に書いたライトノベルのタイトルは、『天使くんと悪魔ちゃんの地球学会議』。

概要としては、天使と悪魔のヒロイン二人が、人類は生存するに値すべき種族かどうか調べるため日本の高校に潜入調査するという、コメディ色の強い作品だ。

だが……どう考えても、もう表に出せる代物ではなかった。唐突な導入に強引な展開、語《ご》彙《い》も稚拙《ちせつ》、天使や悪魔などの雑学を生半可な知識で知ったかぶって披露、しまいには奇を衒《てら》って人類全滅オチになっているあたり、若気のいたりそのもののようなライトノベルである。

とても人様に読ませられるようなものではない。読まれたら、衝動的に死を選んでしまう可能性すらある。奇跡的に新人賞の一次を通過したという事実だけを抽出して、中身自体は、記憶の奥底に今の今まで封印していたような作品なのだ。

だから——俺は、物憂げに額を片手で押さえながら言った。

「それは……黒歴史として封印された作品なんだ。読ませることはできない」

「黒歴史……？」

「くろれきしというのは、はずかしい過去のこと……さいしょはターンエーで使われた別の意味の言葉だったが、ひろくひろまってそういう違う意味になった……くろれきしならしかたない」

「さすが若葉《わかば》だな。トミーノ監督信者」

トミーノ監督に一家言ある若葉の、言葉の起源を主張しつつのナイスなフォローが入った。

俺からしても、いい感じに話が逸《そ》れてくれて御の字だ。

「わかりました、残念ですけど、それじゃあ、次回作は必ず、読ませてくださいね！」

「……次回作か。……なにしろ大作になる予定だから、いつになるかわからないがな。楽しみに待っているといい」

「はい！」

比香里《ひかり》は素直に笑顔で返事をした。それを受けて、俺の良心が少しだけ痛む。

小説の新作……か。正直、何度も書こうとはしているのだ。だけど、実際の進捗は……。

「……本当に、出来上がるならいいけどね」

そんな俺の心中を見抜くかのように、菜絵《なえ》がぼそりと呟《つぶや》いた。

「出来る、出来るに決まっているだろう！」

「……ま、がんばって」

その菜絵の声は聞き取れないほど些細で、本当にそう言ったのかも定かではなかった。

＊　＊　＊

「さて、それじゃあ部活内ツアー、次はみとせ先輩だ」

俺が比香里《ひかり》を連れてみとせ先輩のところに行くと、みとせ先輩はCGを作る手を止めてこちらに身体《からだ》を向けてくれた。

「おっ、来たわね！　歓迎するわよ～」

俺は改めて、比香里にみとせ先輩を紹介する。

「この人が、３ＤＣＧアーティストのみとせ先輩。一応この部活の正式な部長にして、技術的な面だけで言えばこの部活一番の凄腕《すごうで》クリエイターだ」

「部長の桃栗《ももくり》みとせです。よろしくねー」

軽いノリでみとせ先輩がふんわり挨拶《あいさつ》した。

「星月《ほしづき》比香里です！　一生懸命がんばります！　よろしくお願いしますっ！」

「んー、いい子じゃない！　えっとね、わたしの専門分野は3DCGって言って……ちょっと待ってね、実際に見せるから」

そして先輩は椅子《いす》をくるりと回して再びPCに向き直った。そのままカチカチ、とマウスを操作すると違う画面が出てくる。

「さっきは合成済みの映像を見せたけど、はい。これが3Dモデル単体」

先輩がPCソフトの中に表示したのは、クソフラシツボドリルの3Dモデルだった。クソフラシツボドリルはうねうねと動いて、グリッド状に仕切られた地平線が見える平面の上をのたくっている。実にキモい。

「わっ！　すごい、クソフラシツボドリルが、単体でうねうね動いてます！　まるでフライパンの上で炙《あぶ》られたエスカルゴが悶《もだ》えてるみたいです！」

比香里のその例えが、ますます気色悪さを増すな……。

「この映像を実写に合成してあの映画を作ったわけ」

「はー……すごい……パソコンの中に、もう一つ世界があるみたいです……3DCGって神さまごっこみたいですね……」

「すごいでしょー。このクソフラシツボドリルは、わたしの自信作なの」

みとせ先輩は自慢げに大きな胸を張って言った。

「えっ、じゃあ他にもこういう生き物がいるんですか?」

「おっ、いい質問ね！　ちょっと待って、愉快な仲間たちを紹介するから」

そしてみとせ先輩は3DCGソフトをいじって違うファイルを開いた。

「これが、ケツアゴドリーマーオオヒキガエル」

顔が中年男性の顔になっているカエルのモデルが出てきた。端的に言って気色悪い。

「これは、夜勤帰りのコンビニの店長（48歳）を拉致《らち》して、無理矢理カエルの遺伝子を注射して生みだした悲しい生物っていう設定なの」

「架空の生き物に悲惨なバックグラウンドストーリーつけないでください！」

「へえ〜……これがケツアゴドリーマーオオヒキガエルですか……独創的です！」

だが、比香里《ひかり》はそれなりに感動しているようだった。それに気をよくしたみとせ先輩は、次々にファイルを切り替える。

「それからこっちの蝶々がシワシワフグリバタフライ。こっちのパンダが、オッスオッスコンバンワアケテビックリジャイアントパンダ。この大鷲《おおわし》が、イヤンバカンヤメテヨシテオマワリヨビマスヨアルティメットコンドルね」

嬉々として紹介される、奇怪生物の大博覧会だった。

「なるほど……これも一つの終末の形なんですね……うわあ……」

比香里から、感心しているのかちょっと引いているのかわからない声が漏れた。

「……みとせ先輩」

「それから……ん？　なあに、湊介《そうすけ》くん」

「……みとせ先輩が男の人にモテない理由、たぶんそういう（化け物を嬉々として作る）ところですよ」

「えっ！　うそっ！」

みとせ先輩はショックを受けているようだった。自覚なかったのか。

「あはは……でも私は、みとせ先輩のこと尊敬してますよ！　新しい生き物を作れるって、すごいことだなーって！」

比香里も優しいフォローを入れる。

「うう、比香里ちゃああん！　いい子おお！」

「きゃあ！」

すると、みとせ先輩は、比香里の胸に頬《ほお》を寄せて、すりすりと衣服の上から抱きついた。

「うう〜、もう、比香里ちゃん優しい……比香里ちゃんがいればもう男子にモテなくてもいい……そんなことはないけど……」

「やっ……あ、あのっ……！」

比香里《ひかり》はどぎまぎとたたうろたえている。決定的なセクハラの現場を目撃してしまった……。

「……ということで、どう？　比香里ちゃん。３ＤＣＧをわたしの下で手取り足取り勉強してみない〜？」

みとせ先輩は、比香里に絡みついたまま勧誘する。

「あっ、あのっ、ちょ、ちょっと、私、他も色々見てから考えてみますね！」

比香里は、真っ赤になってみとせ先輩の束縛を解き払った。

こりゃ、みとせ先輩のＰＲは逆効果になったな……セクハラさえしなければ……。

当面、比香里が３ＤＣＧに挑戦する気は起きないような気がしていた。

＊　＊　＊

次に俺と比香里は、液タブに向かって落書きをしている菜絵《なえ》のところへ足を運んだ。

「次にこいつが……漫画・イラスト描きの楠瀬《くすのせ》菜絵」

そんなふうに俺が菜絵の紹介をすると、菜絵は俺がかつて見たことないほど穏やかな顔で、比香里に笑いかけた。

「……楠瀬菜絵です。改めて比香里ちゃんよろしく。タメ年だから比香里って呼んでもいい？」

「はい！　ぜひぜひ！　よろしくお願いします、菜絵さん！」

比香里はさん付けのままか……。まあ、あるよな、そういうこと。

「というか、おい、菜絵！　なんだ比香里に見せるその穏やかな表情は！　普段から俺にもその五分の一くらい分けてくれてもいいだろう！」

「湊介《そうすけ》うるさい。黙って」

俺の抗議に、菜絵は返す刀で切り付けてきた。

「ぐっ！」

さすが、製氷機女である。抜き身で袈裟《けさ》切りにされた俺はよろめきながら、比香里に現実を伝える。

「……と……今見てもらったように、こいつはこの部活一のクールキャラで製氷機女……そして、俺への冷たさは既にドライアイスの域に達している……」

「……そりゃ、湊介は幼稚園からの幼《おさな》なじみだから。それに、あたしからしたら、こっちの方が自然なんだけど」

菜絵は、どうでもいいとばかりにまたそっぽを向いた。

そんな俺たちの意見が永遠に平行線になるのを見て、

「うわあ、お二人とも仲がよろしいんですね！　まるでドン・キホーテとサンチョ・パンサのコンビみたいです！」

比香里《ひかり》は両手を合わせながらそう言った。……本当にそう見えるのだろうか？　ていうか、どっちがどっちだよ。

「それで、菜絵《なえ》さんは……みとせ先輩が3Dだとしたら、2D担当ってことなんですよね？」

「うん、まあ、あたしはみとせ先輩ほどすごくはないんだけど……」

そう言いながら菜絵は、ささっと、液タブの上にタッチペンを走らせる。

「こう、こう……っと。はい、できた」

あっという間に、そこには少女漫画調に、美麗《びれい》な少年のイラストが描き上がっていた。筆運びに迷いがない。いわゆる『描ける人』の落書きである。twitterなどで「らくがきです」って言ってアップしたら、「どこがやねん！」ってツッコまれるようなやつである。

「こんな感じかな。ちなみにあたしはデジタルメインのイラストレーターだけど、一応アナログでも描けるっちゃ描けるよ」

菜絵は薄い胸を張る。ちょっと自慢気だった。

「イラストレーター……！　すごいです！　NHKで絵画教室をしてらっしゃるボブ先生みたいですね！　どうです、簡単でしょうって！」

「知ってるイラストレーターの基準がボブ先生かよ！」

いや、みるみるうちに絵が完成していくボブ先生の絵画教室は確かにすごいんだが。

「どう？　比香里も、もしあたしでよければ、絵の描き方を講義してあげても……」

「わー！　嬉しいです、私もこういう綺麗《きれい》なイラストが描けるようになれたら……」

「ちょっと待った！　それはフェアじゃないな」

俺は、菜絵というイラストレーターの真実を公平に伝えるべく立ちあがった。

「な、何よ、湊介《そうすけ》……」

俺は手を伸ばし、菜絵の描きかけのイラストラフを机の上から一枚拝借する。

「あー！　な、何勝手に取ってるのよ！」

そこには、内臓を剥き出しにした、血塗《ちまみ》れの美少年のイラストが描かれていた。

「これが、菜絵というイラストレーターの本質だ！」

いかにもザッツ・サブカル、レッツ・アングラ、という感じの一枚。そのイラストの耽美《たんび》残酷さ加減に、比香里が赤面した。

「ひゃっ……!?」

菜絵も気まずそうに、内臓の出た美少年のイラストを俺から再び奪い取る。

「しょうがないじゃない！　こういうのが好きなんだから！　ていうか、勝手に見ないでよ……部活では湊介が美少女系とかを描けってよく要求するから描くけど、あたし、本当はこういうイラストが専門なんだから……」

「というかそれ、古屋兎丸《ふるやうさまる》先生の『ライチ☆光クラブ』のファンアートだな？」

俺がそう気付くと、菜絵は嬉しそうに顔をほころばせた。

「あっ、気付いた？　やっぱり『ライチ☆光クラブ』は名作だものね。そうだ、この『ライチ☆光クラブ』の原作である東京グランギニョルの舞台版にも多大な影響を与えた楳図《うめず》かずお先生の大傑作に『わたしは真悟』って作品があって、これと読み比べると色々楽しいところがあるから……あ、ちなみにあたしが思う楳図先生の最高傑作はトータルでは『漂流教室』、最大瞬間風速では『わたしは真悟』、一番グロ描写がすごいのは『神の左手悪魔の右手』で……」

菜絵《なえ》はまた好きなものを早口で好きなように語り始めた。

「ということで、菜絵は基本的にこういう『サブカル』と呼ばれる、いわゆる王道からは外れた趣味嗜好《しこう》の女なわけだ。比香里《ひかり》はよしんば菜絵にイラストを教わったとしても、内臓や眼球を隙あらば描き入れるようにならないようにだけ留意してほしい」

「あ、あはは……菜絵さんの絵、わ、私は個性的でいいと思います……」

今度ばかりは、比香里のフォローも弱々しかった。

＊　＊　＊

次に俺たちは、中央のテーブル付近に戻ってきた。

「そして次に一年生の二人、『パフォーマー』側の人間を紹介しよう。ということで、まずはこっちのちっこいのから……。日向夏若葉《ひゅうがなつわかば》。我が創造部においては、声優が主な活動ジャンルだ」

「もけんべ！　ひかりよ、よくきたな！」

俺が紹介する前から、若葉は腕を組んでガイナ立ちしながら、威圧感を漂わせていた。というか、さっきみとせ先輩と菜絵の紹介をしてる時から、ずっとそわそわしているのが視界の端に見えていた。まるで、ＲＰＧのダンジョンの最奥で、律儀《りちぎ》に主人公に話しかけられるのをずっと待っているラスボスのように……実質的には、雑魚《ざこ》キャラにしか見えなかったが。

「へー、声優さんなんですね！」

「声優というよりマスコット枠な気もするがな」

「そんなことはない……。あと若葉はまずひかりに言っておくが、若葉のぽりしーとして誰にでもため語で話すことを許してほしい」

「あ、いいですよ！」

そこは一応断っておくのか……。そして比香里もいいのか……。

「若葉は、ネット声優をしている。普段はそこの防音ブースでねたり、アニメをみたりしていることがおおい。創造部で何かを作る時はなんでもするが、ひまな時は自分でアニメの声真似をしてネットにアップするのがしゅみだ」

「ねっとせいゆう？」

比香里が、馴染《なじ》みなさそうに繰り返す。まあ、漫画すら読んだことなければ、ネット声優の存在など知らないだろう。俺は、懇切丁寧《ていねい》に解説してやることにする。

「ネット声優……ネットに声のサンプルを上げておいて、自主制作のゲームやアニメに声を当てる声優の仕事を、インターネットで募集しているんだ」

「ちなみにアダルトあんけんはおことわりだ！」

「なるほど、みなさんの要望に応じて、声をあてるわけですね。私の知識の範囲で言うと……ええと……宮廷音楽家さんみたいなものですか？」

「そうだ、よくしってるな」

「全然違うだろ！」

若葉《わかば》が即答したので俺も即答でツッコんだ。ていうか、たぶん名前の響きのかっこよさだけで肯定しただろ、若葉のやつ。

「ちなみに、声真似のほうは……ひかりは知らないかもしれないが、こういうのができる」

そう言うと、若葉は一呼吸置いて……精一杯の低い声でこう言った。

「私、シャア・アズナブルが粛清《しゅくせい》しようというのだ！　アムロ！」

「おっ、『逆シャア』の名台詞《ぜりふ》じゃないか。なかなか似てるな！」

「……えっへん」

ちなみにそれは『逆襲のシャア』冒頭、地球に小惑星を落とす時のシャアの台詞で、その後にアムロの「エゴだよそれは！」と続く。

「若葉ちゃん、すごくかっこいいですね！　それでいったい、どういうシチュエーションで粛清が起きるんでしょうか?」

比香里《ひかり》が興味深げに、若葉に尋ねる。それを受けて若葉は。

「え? そ、それはええと……シャアが……こう……地球がもたないって………」

しどろもどろになっていた。それを見て俺はピンと来る。

「さては若葉お前……『粛清』って言葉の意味がわからないんだな?」

「そ、それはっ……! 若葉にとっては、だいじではない部分だ……!」

図星だったようだ……。さすが、雰囲気《ふんいき》だけでアニメを見る系女子……。

＊　＊　＊

「さて、若葉の紹介はこれぐらいでさらっと終わらせて、最後に……」

俺は視線を隣に移動させる。

今までずっと出番を待っていて、期待に目と鼻を膨《ふく》らませている千春《ちはる》がそこにいた。

「このアホは武見《たけみ》千春。底辺ユーチューバーだ。以上」

「って先輩、紹介短かっ!」

千春は雑なリアクション芸人のように床を滑った。

「あはは……千春さん、よろしくお願いします……」

千春《ちはる》は比香里《ひかり》を一瞥《いちべつ》すると、ちっ、と舌打ちした。

「……澪木《みおぎ》先輩からのイジられポジションは譲りませんからね」

「なーにを張り合ってるんだお前は……別に俺は比香里をイジる気なんてこれっぽっちもないからな」

「え、あの、わ、私は……」

露骨な千春の敵愾心《てきがいしん》に戸惑っている比香里に、俺はアドバイスする。

「いいか比香里、こいつの言うことは気にするな。千春はこの部活の中で一番ヒエラルキーが低いやつだ。学年的にも年下だし、さん付けとかせずにどんどん雑に手荒に扱ってくれ。本人もそれを望んでいる節がある」

「そ、それはさすがに抵抗が……千春ちゃん、こんなにかわいらしい女の子なのに……」

俺はその言葉を聞いて、思わず吹き出しそうになった。

「……かわいらしい女の子、千春ちゃん、か」

「え？　何かダメですか？　ちゃん付けがまずかったですか？」

「いや、呼び方は好きにするといい。ただ、もしかしたら、比香里はまだ気付いていない可能性があるのかもしれないと思って、真実を伝えておく。こいつは……武見《たけみ》千春は……」

俺は、犯人を指摘する時の名探偵のように、大仰《おおぎょう》な仕草で千春を指差した。

「こいつは、男だ！」

「ふえっ⁉」

突然明かされた真実への驚きのあまりだろうか、比香里の動きが一瞬停止した。

「ち、千春ちゃんが、男……？」

そして、まじまじと千春の顔を凝視する比香里。

「えへ♪」

千春は頬《ほお》を押さえながら恥じらいの仕草をした。

見た目は確かにどこからどう見ても女子なのだ。睫毛《まつげ》も長く、肌も誰より白く、下手《へた》すればこの部活内で一番整った顔をしているようにさえ見える。まあ、いきなり言われても納得できないよな……。

「俺のプロデュースの一環でな。千春は先月ここに入部してから、ずっと男の娘《こ》キャラで通しているんだ。元々ユーチューバー志望だったんだが、オタク知識はエロ方面以外浅い、ゲームは下手くそ、そうしたらパーソナルな部分でキャラを作っていくしかないと思ってな」

俺がそう紹介すると、千春は嬉しそうに制服をひらひらさせた。

「えへへ……澪木《みおぎ》先輩が、そういうキャラ付けがいいって言うので……先月から男の娘、始めました！」

そんな千春に比香里がどうリアクションするか注視していると……。

「か、可愛《かわい》いと思います……！　ぜ、全然私はいいと思いますよ！　グローバル的には、千春ちゃんみたいな方の権利もどんどん認められていく風潮だと思いますので……！」

その女装を真剣なものだと誤解していた節が見受けられたが、比香里《ひかり》の肯定力がそれでも勝っていた。まあオタク知識がないと、男の娘《こ》というキャラ属性があることを知らないのだろう。

「えへっ、ありがとうございます！　ちょっと、澪木《みおぎ》先輩の最愛枠が取られるんじゃないかと思って戦々恐々《せんせんきょうきょう》としてたんですが、比香里さんとは仲良くやっていけそうです！」

え、ていうか……千春《ちはる》って、ガチじゃないよな？　俺が男の娘をプロデュースしているだけで、ネタなんだよな？　俺が他人の人生の扉を開けて導いてしまったとかじゃないよな？

俺はほんの少し怖くなって、それ以上追及しないことにした。

一方、比香里は話を戻す。

「ところでユーチューバー……とはなんでしょうか？」

「ま、ネット声優を知らなければ当然知らないだろうな。実際に見てもらった方が早かろう」

俺は、部室備品のタブレットを手に取ると、ユーチューブのアプリを立ち上げる。

お気に入りのチャンネルから、千春のチャンネルに移動。手頃そうな千春の動画を再生する。

『はいどうもー。あなたの男の娘ユーチューバー、ちはるんです！　ちはるんＴＶ、はっじまるよー！』

「わっ、千春ちゃん!?」

そして、比香里はすぐに千春の方に向き直った。

「えええええ！　これ、テレビですか？　テレビに出てらっしゃるって、千春ちゃん有名人の方だったんですか!?」

「そうです！」

　千春は即答した。

「う・そ・を・つ・く・な！」

「あいたたたた！」

　俺は関節を極《き》めた。どうして、この部活の連中はどいつもこいつもカジュアルに見栄を張るんだろうか。……まあ、俺も含めてだが。

「比香里、今の時代はテレビじゃなくて、ネットに誰でも動画を投稿できるんだ。そして、それに伴う広告収入などで生計を立てるユーチューバーと呼ばれる職業ができたんだ。こいつがこれからやることを見てみろ。とてもテレビなどとは一緒にできない、ひどいものだから」

「え……？」

　動画の中で千春はなおも愚にもつかない前口上を続けていたが……。

『はい、それではこれから……スカートをはいたまま男物のパンツから女物のパンツに生着替えします！』

「ふえ？」

　事態の推移に動揺する比香里をよそに、モニター内の千春はおもむろに、スカートの中に手を突っ込んでパンツを脱ぎ始めた。

「でんでんでんででーん、でんでんでんでんででーん」

謎のオリジナルテーマと共に、スカートとテーブルの上の緑茶のペットボトルで巧妙に局部を隠しながら、千春はパンツを脱ぎ始めた。

「ひゃっ……!? あの、これ、えっ……!?」

動画の中の千春の股間に、時々モザイクがかかったり、パンツがヤバいくらい伸びたりしている。

比香里《ひかり》は真っ赤になりながらそれを観ている。一方、動画のこっち側にいる千春は、なんだか満足そうに、うっとりしてつぶやく。

「うふふ、そんなにまじまじ見られると恥ずかしいです……」

「人間として違う方向に恥を知れ！」

そこで、あまりにも刺激が強すぎそうだったので、俺は動画の再生をストップした。

「すまんな、汚いものを見せ……比香里？」

「ふ、しゅう……」

比香里は頭から湯気が出そうな勢いでオーバーヒートしていた。

「おい、起きろ起きろ」

俺は比香里の目の前で掌《てのひら》をぱっぱと動かす。

チャンネル
登録(◉‿◉)
粗

「……はっ⁉　象さん⁉」

「象はここにはいない……すまん、変なものを見せて……」

「そうですよ澪木《みおぎ》先輩、変なものを比香里《ひかり》さんに見せないでください」

「お前だ！」

比香里は取り繕う。

「あ、あはは……で、でも私わかりました、千春《ちはる》ちゃんが何をやってらっしゃるか……。その、つまりは既存の倫理観を壊そうとする運動……ダダイズムなんですね……！　だけどすみません、私にはああいうのは……無理そうかなーって……」

全国の健全なユーチューバーの諸君、すまん……千春のせいで比香里の中でのユーチューバーの認識があれになってしまった……。

＊　＊　＊

かくして、比香里への部員紹介は全員分滞《とどこお》りなく終わった。

「ま、部員の紹介はこんなもんか……比香里、なにか興味を引かれたジャンルはあったか？」

ところが、比香里は莫大な情報量に戸惑っているようだった。

「なんだか、一気にすごいものを見すぎて、頭がふわふわしてます……」

色々強烈なやつらの集まりだったからな……。半分以上のやつが見せちゃいけないものを見せてたような気が……。

「まあ、しばらくはとりあえず部活に来るだけでもいいが……」

俺がそう言った時だった。

「……だめだ！」

若葉《わかば》が、ガンコ親父のように腕組みをしながら突如大きな声で叫んだ。

「どうしたんだ、若葉？」

「若葉は……若葉は、オタクでない人間となかよくなることはできない！　だから、比香里がこの部活に入りたいというのなら、それ相応の覚悟をもとめる！　もとめよ、さらば、あたえられる！」

難しいことを言おうとして言えてなかった。

「若葉、お前、もっと寛容に……」

「いえ、若葉ちゃんの言うことは一理あります」

比香里は止めようとした俺を制して言った。

「それがこの部活に入るために必要だというのなら……私、勉強します！　それから改めて……みなさんのお仲間にならせていただけるか、判断してください！」

意外と向上心が強い女だった。だが、その意気やよしだ。俺は、みんなに提案した。

「よし、それならば、ちょうど明日から週末を挟むことだし、比香里《ひかり》に現代オタク基礎教養として、何か漫画やアニメのＤＶＤを貸してやるのはどうだ？　それでオタク文化との相性を測ってもらえばいいだろう。あ、比香里よ、もし親が厳しいならポータブルＤＶＤなどもあった方がいいか？」

「あ、その辺は大丈夫だと思います！　うちにＤＶＤプレイヤーあります！」

「ならよかろう」

ということで、俺たちは部室入り口の本棚前に移動してきた。

「わわわ、漫画が……あ、ＤＶＤもいっぱい、ずらーっと並んでます！　えっと、どれを観たり読んだりしたらいいんですか？」

「どれから……？　ちょっとそこで待て、比香里」

俺たちは少し比香里から距離を取って審議会を始める。

「えー……ということで……オタクなら一度は考えたことがある、『非オタに何か一作品だけ薦められるとしたら何か!?』会議を緊急で始めたいと思うのだが」

「うわー、ボク、考えたことある！」

「正直、ちょっとテンション上がるわね」

俺たちは、みんなできゃいきゃい議論を始める。

「まず、漫画を一作も読んだことがないというのは若干厄介《やっかい》な条件ではあるな。つまり、漫画文化に対する最低限のリテラシーがない状態で渡すのはやはり王道漫画……ジャンプ系にした方が無難だろうな」

　そんな会話中に、千春《ちはる》が勢いよく手を挙げる。

「あ、本棚……今、ジャンプ系漫画あんまりないかもです。ボクが勉強のために借りていっても返さないまま借りパクしてるからです！」

「自慢気に言うなよ！　しかし、それはまずいな……人生で最初に読む漫画……。下手《へた》すると、人一人の性癖を歪《ゆが》めてしまうかもしれないからな、あまり刺激の強いもの……嗜好《しこう》が歪んでしまいそうな作品を与えないようにしないと……何が残ってるんだ？」

「ちょっと待ってね～、わたしが本棚に残ってる漫画を確認するから」

　みとせ先輩が、本棚に残っている漫画のタイトルを読み上げていく。

「え、ええと……『火の鳥　太陽編』、『きりひと讃歌』、『くまみこ』、『ぎんぎつね』、『けものフレンズ』、『BEASTARS』、『セントールの悩み』……」

「ぜったい性癖歪むわ！　なんで全部ケモナー歓喜系の漫画なんだ……『集まれ！　ケモノ系まんが！』みたいなセレクションだよ！　だれが揃《そろ》えたんだそれ！」

　俺がそうツッコむと、本棚の前からみとせ先輩が、決まりが悪そうに後ずさっていった。

「……みとせ先輩？」

「え、えへ……実は、クリーチャーの３ＤＣＧの資料作りにと思ってケモノ系漫画を漁ってたら、ハマっちゃって」

　みとせ先輩は照れ臭そうに頭を掻《か》いた。

「犯人はみとせ先輩かよ……」

「澪木《みおぎ》先輩、ケモナーってそんなにダメなんですか？」

「いいか千春《ちはる》、ダメではないが、ケモナー道は一方通行の階段なんだ。ケモナーをこじらせていくと、段階的に『イケるキャラ』のヒト度が下がっていき、最終的にはケモノそのものでも大丈夫になってしまうと言われている。しかも一度上がった階段は降りることができない……」

　さすがにそんな業をいきなり比香里《ひかり》に背負わせるわけにもいくまい。とりあえず、俺はDVD棚の方に移動する。

「仕方ない、ならば今回はアニメに絞ってみるか。こっちは結構王道作品が残ってそうだな。ガンダム全シリーズをはじめ、エヴァ、グレンラガン、まどマギ、おそ松さん……全体的にはロボットアニメとか熱いのが多いな。若葉《わかば》の影響が色濃いのか。さて、どうする？」

「若葉は、ファーストガンダムにいっぴょう！」

　若葉が即推ししてくる。流石《さすが》、トミーノ信者だ。

「まあ、基本はやっぱりガンダムか？　そこを行っておかないとロボットアニメ全般のリテラシーが付かないしな。菜絵《なえ》的にはどうだ？」

「……あたしの趣味に走るとろくなことにならないので」

だろうな。菜絵がさっきその後ろ手に『少女椿』アニメ版のＤＶＤを隠すところを俺は見た。性癖どうこうの話になって慌てて引っ込めたんだな。

一方、みとせ先輩と千春の方を見ても、特に異論はなさそうだった。

「よし、それでは会議終了で」

かくして、オタクのオタクによるオタクらしい議論は終わった。そして、俺は比香里のところに戻る。

「あ、お帰りなさい！　何か決まりましたか？」

「議論の結果、比香里に見てもらうアニメはファーストガンダムに決まった」

「ファーストガンダムってなんですか？」

比香里は悪びれずにしれっと言い、若葉が歯ぎしりをする。

「このとーしろーが……刻《とき》の涙がみたいのか……！」

俺は若葉の頭をなだめるように撫《な》でる。

「若葉、優しくしてやれ。誰でも最初は初心者だ」

若葉は、大きく深呼吸する。

「……ふう。おちついた。若葉はやさしいので」

「よかろう。とりあえず概要から説明してやれ」

「わかった！　ひかり、こっちこっち！」

若葉《わかば》は比香里《ひかり》の手を掴《つか》んで、本棚へと駆け出す。

「それじゃ、あの、ガンダムシリーズの最初の始まりがこの宇宙世紀もので、一作目からじゅんばんに、えーと、ファースト！　ゼータ！　ダブルゼータ！　それからこっちが……」

「へー、ファーストの次はセカンドやサードじゃないんですね！」

「それは、トミーノ監督が終わらせるつもりで作ったから！　でも終わらなかった！　ファイナルファンタジーみたいだな！」

そして、若葉は満面の笑みで、比香里に並んだDVDを説明していく。

菜絵《なえ》にも言えることだが、なんだかんだ言っても、オタクにとって好きなものを紹介するというのは、楽しい瞬間なのである。

「それで、ちょっと先のことまで紹介しておくと、こっちのイデオンとVガンが黒トミーノ！イデオンは黒トミーノの究極系だから最初はやめた方がいいかもな！　で、こっちのブレンからがしばらくは白トミーノだ！　ブレンは、クリスマス時期に名言が多いのでなかなか使える！」

「へー、黒トミーノと白トミーノ！　トミーノさんって方は二人いらっしゃるんですね！　あれ、ところで若葉ちゃん、このアニメDVD、なんで1巻に2話分しか入ってないんですか？DVDって普通2時間で4話分ぐらい入りますよね？」

「それは、業界のやみだ！　ふれるとけされる！」

「わわわ！　秘密結社的なものがあるんですね！」

まあ、色々と危ない会話だけど、いいか……。比香里も楽しそうな若葉の話を楽しそうに聞いていることだし……。

＊　＊　＊

そして、あっという間に下校時間になった。

比香里は、若葉に選んでもらったＤＶＤ（＋リクエストにより入れたさっきの部活紹介映画）を紙袋に入れ、ほくほく顔だ。

「それじゃあ、今日はどうもありがとうございました！　お借りしたＤＶＤ、この週末でしっかり勉強してきますね！」

「ああ。途中で挫折しそうになったら、無理はしなくてもいいがな……次の俺たちの活動日は月曜だ。そこにもともと会議がある予定だから、間に合えば来てくれればいい」

「みなさんのおすすめアニメ、楽しみです！」

「まあ、俺たちは好きなんだけどな。俺たちは」

俺はちょっと消極的に言った。人におすすめ作品を貸した直後から、「いや、大したもんじゃないんだけど」みたいにちょっとずつ弱気になっていく。これもオタクあるあるである。

「ほんとうに、ほんとうにありがとうございました！　また月曜日に！」

比香里《ひかり》は、慇懃《いんぎん》に何度も頭を下げると、ぱたん、と扉を閉めて出て行った。

それをきっかけに、俺たちは一斉にふうと一息吐《つ》いて、感想戦を始める。最初に切り出したのは菜絵《なえ》だ。

「……はあ、転校生ねえ。湊介《そうすけ》、あの子どう思う？」

「あそこまでオタク的に無菌で育てられた人間は初めてだな。実際にオタク系コンテンツに触れて、この部活に定着するかしないかは——五分五分というところだな」

熱しやすい者は、それだけ冷めやすいこともあるというのが俺の予想だ。

「でも、さっきの湊介くんの脚本への指摘、的確じゃなかった？」

「澪木《みおぎ》先輩、話を逸《そ》らすしかなかったですもんねー」

「若葉《わかば》はずっと脚本がばがばだって言ってた」

「う、うるさいっ！　だいたい、素人《しろうと》のくせに指摘をする方が悪いんだ！　素人にどうこう言われるような脚本は俺は書いててな——」

そんなふうに俺たちが比香里の話でヒートアップし始めた時……

「あ、あのー……」

再びそっと扉が開き、比香里がひょっこりと顔を出した。

「ひゃあっ！」

俺たちは思わず動揺してしまう。今の会話、聞かれていたのだろうか？

「ど、どうしたんだ……？　忘れ物か……？」

俺が恐る恐る尋ねると、比香里は涙目になって……

「はい、忘れました……」

「でも、特にテーブルの上とか、置きっぱなしになってるものはなさそう――」

「帰り道、忘れちゃいましたぁ……迷子になっちゃいましたぁっ……！」

「……へ？」

＊　＊　＊

俺は、葉桜に彩られた坂道を比香里と二人で歩いて行く。

結局、俺が比香里を校門まで送って行くことになったのだった。

「す、すみません、まだこの学校に慣れていなくて……」

「いや、俺も帰り道だしそれは別に構わないが……本当に校門までで大丈夫なのか？」

「はい！　私の家、ちょっと遠いので……」

俺は改めて学校の敷地内の景色を見渡す。

台地の上に作られたこの学校は、校舎から正門に行くまでそれなりに距離があり、急勾配《こうばい》の下り坂が続いている。一度サッカーボールでも転がしてしまったなら、止まることなく延々と加速していくことだろう。

誰が呼んだか、「冥府《めいふ》下りの坂」。この高校がある「比良坂《ひらさか》」という地名の元にもなった、日本神話で幽世《かくりよ》へと繋《つな》がる黄泉《よみ》比良坂が意識されているらしい。

というか、そんな由来の地名を持つこんな物騒な場所になんで学校を作ったのか、俺は理解に苦しむのだが。

「ずいぶん長くて急な坂道ですね……」

「そうだな」

あまり、会話が長く続かない。若葉《わかば》や菜絵《なえ》に比べたらまだましな方だが、俺だって本来コミュニケーションが得意な方ではないのだ。それに……腐れ縁の菜絵を除けば、こんなふうに女子と二人で歩くなんて、ほとんど経験がなかったから。

「私、車での迎えなしで帰るのもこの一週間前ぐらいからで……そんな調子でこの年まで来ちゃったもので、気がついたら方向オンチになってたんですよね」

比香里《ひかり》はそう言いながら、てへり、と笑う。

「そうか。お前、お嬢様だものな。そもそも、なんでこの学校に来ることになったんだ……？」

「えへへ、実は諸事情あって、先週からこの街にある祖母の家に住むことになったんですよ。それで、前の高校もうんと遠くなっちゃったことだし、せっかくだからこちらの高校に転校をと」

「なるほど。それで、新たな街で新生活を始めたところ、俺たちに出会った、と……」

「そうなんです。だから今の私、希望に満ちてるんですよ！　一人で学校に登下校するのもそうだし……毎日が新しいことの連続でドキドキなんです！」

そこで、比香里は汗をぬぐう。この地獄まで繋《つな》がっているような急な坂道を、ふんばりながら歩き続けるのは温室育ちにはきつかろう。

「……ふう、ふう……。あ、あの、そこでちょっとお休みしてお話聞かせていただいてもいいですか？」

「ああ、いいぞ」

ということで俺たちはその付近にあったベンチにひとまず腰を下ろすことにした。

……この光景、見る人が見たらカップルだと勘違いされないだろうか？　と一瞬思ったが、比香里の方は何も意識してなさそうだったので、俺は結局そのまま座り込んだ。

そこら辺は、ぶっちゃけた話、俺もしがない童貞だからな。色々とビビってしまう。それに……比香里の美少女っぷりとかにも。俺は、厳《おごそ》かに会話を切り出す。

「今日一日、創造部の連中と話してみてどうだった？　正直、過剰なくらい濃いメンツだったとは思うが……」

「もう、みなさんすごい方ばかりで、びっくりしました！」

そこで、比香里《ひかり》はまた少し俯《うつむ》く。

「とりあえず飛び込んでみたはいいものの、私なんか……何も知らなくて……何の特技もなくて……恥ずかしいなあって。創造部の中で何ができるんでしょうか……」

劣等感。プロフェッショナルの群れの中にいると、そういうこともあるだろう。

ある意味それは、インターネット全盛期の時代には万人に言えることでもある。だって、プロのイラストレーターやライターがいくらでもtwitterに落書きをアップしたりするご時世で、自分の技量に劣等感を抱くなという方が難しいだろう。だけど——

「……比香里。そう、自分を卑下するな」

「え？」

「さっきの基本原則にもあったが、アマチュアの創作に上手《うま》い下手《へた》はどうでもいいんだ。比香里にはクリエイターにとって一番大事なものがあるんだからな。それは……」

比香里は、先ほど自分の感情についた大切な名前を、記憶から弾くように叫んだ。

「初期衝動、ですね！」

「そうだ。初期衝動はすべてのクリエイターにとっての財産だ。初めて何かを作りたいと思った気持ち。人生を変えてしまうほどの出会い。それは、クリエイターとしての命を燃やす種火になる。俺の持論だが、すべてのクリエイターはその初期衝動に火を継ぎ足すことで生きているんだ。比香里の初期衝動があのクソ映画で良かったのかという申し訳なさも少しあるがな。

なんだかんだ、ほとんどの生徒からは総スカンを食らってるわけで……」

俺はやっぱり、冷静に判断すると、あの映画はお世辞にも出来のいいものではなかったと思っている。カットで無駄な雑談を切れなかったのもそうだし、ＣＧのクオリティをチェックする時間がなかったのといい、もう少し早めに動いていれば最善を尽くすことはできたのだが……。

「いえいえ、本当にいい映画でした！　中でもあの最後のセリフ――」

そう言うと、比香里は大きく息を吸い込んでから、

「俺たちは、クソまみれになろうとも最後まであがき続けるんだああああ！」

いきなりそんなことを大声でのたまった。

近くを通っていた下校中の生徒たちが一瞬ギョッとしたように足を止め、それから早足気味で去っていく。そりゃそうだ。俺だって可能ならすぐ立ち去りたいぐらい恥ずかしい。

「ひ、比香里、もうちょっと人の目を……」

「いやあ、いい台詞《せりふ》ですねえ！」

ダメだ。初期衝動の火が燃えているという以上に、周りが見えなくなっているのかもしれない。

「この台詞も、湊介《そうすけ》さんが考えたってことですよね？」

「……まあ、な。というかそれは俺のアドリブだが」

そういうと、比香里《ひかり》は我が意を得たりばかりににこにこと微笑《ほほえ》んだ。

「やっぱり！　そう思いました！　私が湊介《そうすけ》さんファンになった決定打です！」

「そこまでか……」

「あの映画を観て私が思い出したのは……ストラヴィンスキーさんの『春の祭典』なんですよ。『春の祭典』はバレエ音楽の傑作なんですけど、あまりに革新的すぎて、初演の時に賛否両論で、暴動みたいになっちゃったんです。ね？　本当に革新的な作品は人を怒らせるんですよ！」

そうまで褒《ほ》められると、気まずさしか感じない。詐欺《さぎ》の片棒でも担いでいるような気分だ。

「正直こそばゆいな……。まあ、クリエイターとして気持ちはわかるが。俺もいい映画を観た後やいい本を読んだ後は、興奮状態になって創作意欲がもりもり刺激されて、いてもたってもいられなくなるしな」

最近……そういう体験も減ってきているような気がするのが少し寂しいが。

「とにかく、その初期衝動の火がついているうちは、ブーストタイムだ。マリカーで言ったらキノコ使ってる状態だ。そのままぶっ飛ばすといい」

「マリカー……はわかりませんが、ブーストですね！　わかりました！　ぶっ飛ばしますよっ！」

比香里は、可愛《かわい》らしく両腕を引いて気合いを入れた。

「でも、湊介さん……この初期衝動がブーストだというのなら……いつか効果がなくなってしまうこともあるんでしょうか？」

比香里は少し不安そうな表情を見せて言った。

「それは当然だ。……だが真に恐ろしいのは、ブーストどころかその火が完全に消えてしまうことだな。それはクリエイターとしての『上がり』というやつだ。長期休載のまま永遠に掲載されない漫画、作られない続編……そういう悲劇が起きたりすることになる」

「それは、確かに怖いかもしれませんね……。今胸に抱いているこの情熱が消えるなんて、考えただけで……それはまるで、今の私が死んでしまうみたいです」

言い得て妙だった。

世間でものを作ることをやめたクリエイターが何をしているのか、俺たちに知る術《すべ》はない。案外、まったく違う職業に就いて幸福に生きていたりするのかもしれない。だが……残酷なようだが、俺から見れば、それは死んでいるのと同じことだ。

クリエイターにとっての生き死にとは、結局ものを作ることにしかないのだ。

「だから——クリエイターでいたいのなら、その火を絶やすな。絶え間ないインプットで燃料を注いで継ぎ火するんだ。そして——今日の日のことを、忘れるなよ」

「はい！」

比香里はにこやかに答えた。

そんな会話が終わるやいなや、比香里は何かをまさぐるように、地面に向けた掌《てのひら》を動かし始める。楽しそうに、鼻歌交じりで。

「それは、何をしているんだ？」

「私、たまに、心の中でピアノを弾くんですよ。今日はとっても楽しい気分だから、ロルセーズさんの『5月のそよ風』です。この曲に絡めて、今日の日のことを覚えておこうかと」

またエキセントリックなことを……。

だが、この坂道に、確かにピアノ曲はよく似合うような気がした。

出会いの喜びを歌うように奏でながら、比香里《ひかり》は嬉しそうに言った。

「私、今日のことを一生忘れません。私の初期衝動が生まれた……いわば、今日は私のもう一つの誕生日だったんです。カレンダーに書いて記念日にして、毎年祝いますね！」

それ、俺があのクソ映画を全校生徒に公開してしまった日が毎年記憶されるってことか……。

「まあいいか。もし、俺たちが来年もこんなふうに創作の話をしていられるんだったら、そんなのもいいだろうな」

「……はい！　よろしくお願いします！　えへへ、休みすぎちゃいましたね。そろそろ、行きましょうか」

そして、比香里は元気よく立ち上がると、俺に振り返って言った。

「あの、湊介《そうすけ》さん。さっき、オタクさんの基礎教養に触れて、私がまたこの部活にやってくるかって心配されてましたけど——たぶん、大丈夫ですよ。私はきっと——湊介さんに、ずっとついていきますから！」

比香里の顔に迷いや憂いはない。なんだか、その比香里の表情はすごく綺麗《きれい》で。この瞬間を切り取って永遠に残しておきたいぐらいに、最高の笑顔だった。

「さ、行きましょうか！」

そう言って嬉しそうに、ＤＶＤのボックスセットを抱《かか》えて歩き出す比香里。

「おい、気をつけろよ、そんないきなり速く歩くと転ぶぞ」

「きゃあ！」

言わんこっちゃなかった。比香里は地面にあったチラシのゴミを踏んづけると、盛大に足を滑らせてひっくり返ったのだった。


――それにしても。

こうやって、比香里と話しながら、俺は一つ考えていたことがあった。

比香里にはああやって偉そうに言ったが――俺の初期衝動が生まれた日は――一体いつだったんだっけ？

＊　＊　＊

その日、俺が家に帰って夕食を食べ終わった後。

突然家のチャイムが鳴ったので出てみると、扉の向こうに菜絵《なえ》がいた。

「……おす」

菜絵は俺の顔をちらりと一瞥《いちべつ》すると、ぶっきらぼうに言った。

身に着けているのは、正面に大きな犬の絵がプリントされた黒いぶかぶかのバンドTシャツだ。きっとそれもサブカル仕込みのバンドTなんだろう。

風呂上がりなのか、身体《からだ》からほのかに湯気が立っているような気がする。悔しいことに首の隙間から見える鎖骨に妙に色気を感じてしまう。

「どうした、菜絵。何の用だ?」

「漫画、貸しに来たんだけど」

そう言って、菜絵は手に持った紙袋を差し出した。

「……あのな、いつも言ってるけど、漫画を借りに来るならわかるが、貸しに来るのにわざわざ風呂まで入った後に俺の家まで来るか? 徒歩五分の距離とはいえ……学校で渡せばいいだろ」

「いや、散歩ついでっていうかさ。湊介《そうすけ》が眠れない夜とか、感謝してもらおうと思って」

菜絵は、紙袋の持ち手を指先でなぞりながら言った。

「……なんでそんなピンポイントの感謝狙いなんだよ! まあ、いつものことながらありが

たく借りるがな。クリエイターとして、自分の嗜好《しこう》に偏《かたよ》らないインプットができるのは助かる」

そう言って受け取ると、少し菜絵《なえ》の顔に明かりが差したように見えた。

「何か飲んでくか?」

風呂上がりの菜絵に俺は気を使った。

「うん、アクエリちょうだい、ジョッキで。冷えたの」

「注文が多いな」

そして、菜絵はするすると家に上がり込み、居間のテーブルにどっかりと座った。幼い頃からの習慣でもう手慣れたものだ。もう少し羞恥心《しゅうちしん》があってもいいのではないかと、俺の方が思うほどだ。

「おじさんは?」

「今風呂入ってる」

「……そっか」

俺は菜絵の注文通り、ジョッキに冷えたアクエリをなみなみと注いで提供する。

「ほらよ」

「……さんきゅ」

そう言うと、菜絵は手に持ったジョッキからアクエリアスを一気に飲み干した。

「……んっ……ぷはあ、このために生きてるなあ」

菜絵がジョッキを置いて前に伏したそのはずみに、ゆるゆるのTシャツの隙間から、胸元が見えそうになる。俺は視線を逸《そ》らした。

「そんな定番セリフが言えるのに、どうして描く漫画はあんなにサブカルに寄るんだ？」

「……湊介《そうすけ》、くどい」

ジト目になった菜絵の、いつも通りの冷たい言葉が俺を刺した。うむ、それでこそ菜絵だ。

菜絵は口を尖《とが》らせたまま話を続ける。

「それより湊介、今日……大変な一日だったね。あの映画の出来はともかく……本当に新しい部員が来るなんて予想外だった」

「まあ、作ったかいがあったというやつだな」

「努力が無駄にならなかったのはいいけど。ところで湊介。ジョッキが空《から》なんだけど」

菜絵はひらひらとジョッキを動かして見せる。

「ここはホストクラブじゃないんだがな」

菜絵の要求に応えて、俺は冷蔵庫から取りだしたアクエリの二杯目をジョッキにとぽとぽと注いだ。菜絵も今度は一気に飲み干さず、両手でジョッキを抱《かか》え、ちびちびと飲み始める。

「しかし、あの比香里《ひかり》という女は悪くなかったな。初期衝動にも溢《あふ》れている」

「なんか悪役っぽいセリフ……」

そこで菜絵は、俺の顔を正面から見つめながら言った。

「……でもさ、あの映画。前も言ったけど……最後の湊介《そうすけ》のアドリブ、悪くなかったと思うんだ」

「ああ、アドリブ……比香里《ひかり》にも言われたが……そこまでよかったか？」

『俺たちはクソまみれになろうとも最後まであがき続けるんだ』――大したセリフでもないように思うんだが。すると、菜絵《なえ》は少し遠い目をした。

「うん。久しぶりに、湊介に会えた気がした」

「おかしなことを言うな。毎日会ってるだろ」

「あはは、そうだね」

珍しく、菜絵は朗《ほが》らかな表情でからからと笑った。こいつのこんなに楽しそうな顔を見たのは、久しぶりな気がした。

「ま、比香里が来たことで、ちょっとは湊介の創作意欲にも火がつけばいいんだけどね。なにげにあたしも、湊介の新作小説がいつできるのか気になってたりするから、さ。一応、あたしが絵をつけることになるわけだし」

菜絵はなんでもなさそうにそんなことを言った。そういえば、そんな約束があったような気がする。だが、今の俺には耳が痛いところでもある。なにしろ、もう随分長いこと、一行も自分の小説を書いていないのだから。

「……余計なお世話だ」

「へいへいー」

そう言うと菜絵はアクエリを飲み干し、ジョッキを置いた。

「……じゃ、アクエリごちそうさん」

菜絵は静かに席を立ち、慌ただしく玄関に向かって行く。

「……送っていった方がいいか？」

「……徒歩五分の距離で大丈夫だって。でも……うん、ありがと、湊介」

かくして、菜絵は嵐のように俺の家から去って行った。俺の手元に、いつも通りサブカル漫画の紙袋を残し。今日も同じようなやりとりだったが……いつもいつもなんなんだろうな？

それにしても――俺はしばらく玄関の前に立ちながら、一人で考えていた。

「――星月《ほしづき》比香里、か」

すべてをポジティブに解釈する世間知らずなお嬢様。あいつは果たして――本当に創造部に根付くのだろうか？　そして根付くとしたら、クリエイターか、パフォーマーか……一体、どんな存在になっていくのだろうか……？

＊　＊　＊

すっかり、日が暮れてしまっていました。

学校から徒歩でうんと歩いた先に、私——星月比香里《ほしづきひかり》の、先週からの我が家があるのです。

お借りしたＤＶＤを大切に抱《かか》えながら息も絶え絶えになった頃、やっと木造のあばらやが見えてきました。

「……ふう」

というか、休み休み来たせいで、余計に時間がかかってしまったような気がします。

これは……新生活を軌道に乗せる前に、まず体力をたくさんつけなきゃ、ですね。そんな予感がしています。

お財布《さいふ》から取り出した玄関の鍵を、そっと捻《ひね》って扉を開けます。

その奥には、森閑《しんかん》とした闇《やみ》が広がっていました。

玄関を一歩くぐった私は、小さくつぶやきます。

「……ただいま」

応える声はありません。

それから靴《くつ》を脱ぎ、廊下に上がった私は丁寧《ていねい》に靴を逆向きに並べ、それをしばらく満足げに眺めてから、かつてそこにいた『私』に満面の笑顔で声をかけます。

「お帰りなさい、私！」

居間に入った私は、ぱちん、と電気をつけてみます。

少しの時間を置いて、少しだけ黒みを帯びた二本の蛍光灯がパチパチと明るくなりました。

引っ越したばかりでまだ殺風景な部屋の中に、前の家にあったものより三周りぐらい小さなブラウン管のテレビと、古めかしいＤＶＤデッキが照らし出されました。今や、私の家にある数少ない家具ですが——本当に、このＤＶＤデッキはリサイクルショップで安く買っておいてよかったと思います。

それにしても、今日はとんでもない一日でした。

あんな出会いがあるなんて——。

幼い頃の私は、ピアノを、小説を、与えられるものだけを享受して、自分の人生に勝手に限界値を作っていました。

そんな時に、前の学校にいられなくなって、お友達もいなくなって、ピアノも家もなくなって、私は何もかもを失ってしまったのだと思っていました。

だけど、それは間違いでした。

全てを失ってからでも、人は新しく何かを作ることができる。あの創造部の皆さんの映画のように。それはきっと、希望そのものなのです。

たぶん今日、湊介《そうすけ》さんに、創作と言う名の種火を分けてもらったから——

私は、これからも生きていけるような気がしていました。

ということで、ひとまずお米を炊いて、晩ご飯を作らなければ。

おかずには——台所に、もやしがあったはずです。それから調味料も。

もやしさんは本当に有能なので、どんな味にも染まるということを私は知っています。

「……あっ、そうです！」

台所に向かいかけた私は足早に居間に戻ってきて——紙とえんぴつを手に取ります。

「帰り道で浮かんだ初期衝動を、書き留めておきましょう！」

そして私は、道すがら湧き水のように湧き続けていた初期衝動を、メモ書きしていきます。

『一人の女の子が、異国の学校にやってきて……』

それから、数行に及ぶ文章を無事に書き終えました。

うん。とりあえず、メモとしてはこんな感じで。時間があれば、この週末のうちにじっくり完成させましょう。


私は、今日これからのことを思い浮かべます。

ご飯が炊けたら……それをゆっくり美味《おい》しく食べて……お風呂に入って……お借りしたガンダムのＤＶＤに手をつけていこうかと思っています。

大丈夫、時間ならこの土日には……いいえ、その先にも、きっとたっぷりあるのです。

私の新生活は、希望と喜びに満ちていました。

クロハルSS『ジェットストリーム早口言葉』

新しい早口言葉を作ったから、そーすけ聞いてくれ
おっ、どんなのだ？
『シャア少佐、少々しょう油と塩を消臭して早々に小隊の召集』
どんなシチュエーションだよ！でも言えてるのすげえな！
いや、若葉も普通には言えない
え、今言えたじゃないか……？
今のはガルマ・ザビになりきったつもりのただのモノマネ……
それでもすげえよ！

日向夏若葉
Wakaba Hyuganatsu

専門分野：声優
クラス：1-B
誕生日：3/27
身長：147cm
体重：44kg
趣味：ロボットアニメ鑑賞、ヒーロー映画鑑賞、ゲーム（スプラトゥーンなど）
言われてみたい言葉：かっこかわいいセレブリティ（言葉の意味は知らない）
一番好きなトミーノ作品：イデオン（普通すぎかなー、でも黒トミーノのきゅうきょくだしなー）

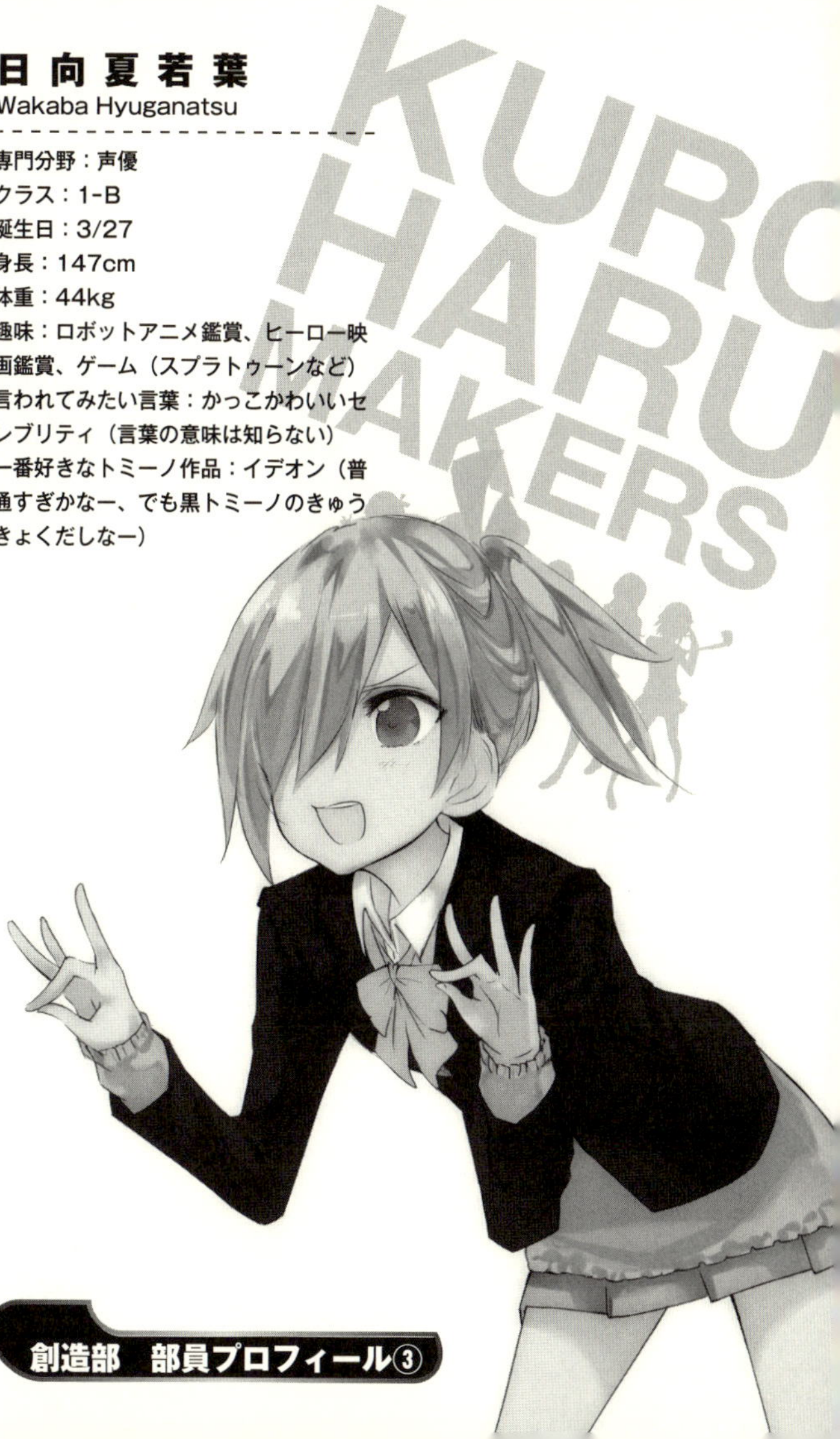

創造部　部員プロフィール③

第四章 ライフ・イズ・クリエイティブ

比香里《ひかり》が創造部の部室を訪れてから、週末を経た初めての放課後。この日、ここではもともと創造部の会議が行われる予定になっていた。

そして同時に、比香里が課題のＤＶＤを観てくるはずの日でもあった。

授業を終え、各々《おのおの》が部室に徐々に集まってきてからも部員同士にほとんど会話はなく、そわそわとした空気や重苦しい雰囲気《ふんいき》が漂っている。

それもそのはずだ。はたして、新入部員候補の比香里の見解は「どちら」に転がったのか、ジャッジメントが下されるのだ。誰もがその結果が気になっていた。例えるなら、受験合格発表の日のようなものだ。

拍子抜けするほど気軽に比香里がやってきてもその空気は変わらず、比香里本人が「あれ、何かあったんですか？」なんて尋ねるほどだった。

俺は、全員が中央の卓に着席したのを確認すると、碇《いかり》ゲンドウポーズになり運命の会議の口火を切った。

「それでは、土日を挟んだわけだが……比香里」

俺は比香里の目を見ながら重々しく尋ねた。

「……ミッションは、コンプリートできたか？」

そんな俺たちの緊張を理解していないのか、ものともしていないのか、比香里は満面の笑みで即答した。

「はい！　ファーストガンダムと呼ばれる『機動戦士ガンダム』の劇場版三作、無事に鑑賞してきました！」

その刹那、わあっ、と部室が歓声に包まれた。

「うんうん、上出来ね～！」

「ただのお嬢様じゃなかったのか……」

「……へえ、やるじゃん」

「よくやったぞ、ひかり！」

そんなふうに次々と比香里を褒《ほ》め称《たた》える声が並ぶ中、俺は声を張って言った。

「うむ、まずは第一関門突破だな。ガンダムのテレビシリーズは47話あって、一朝一夕《いっちょういっせき》で観られるものではない。だが、劇場版三作は総集編として非常に優秀だ。時間のない向きにも、現代オタクカルチャーの基礎を学ぶには応急処置として申し分ないと言えよう」

俺以上にテンションが上がっていたのは、若葉《わかば》だった。

「そ、それで、ひかり！　す、す、すきなモビルスーツかモビルアーマーはなんだった!?　わ、若葉は……若葉はビグ・ザムが……ビグ・ザムが！」

「待て、落ち着け若葉《わかば》！　モビルスーツの話はまだ早い……！」

俺が制止する間もなく、比香里《ひかり》が若葉に答えてしまった。

「えっと……ご、ごめんなさい……機械の方は全部同じに見えちゃったんですけど……」

「機械っ!?」

モビルスーツをまとめて機械呼ばわりされ、若葉は卒倒した。

「機械……機械……！」

「はわわわっ！　ごめんなさい、わ、私、そんなにひどいこと言ってしまったんですかっ!?」

「ま、仕方ないよね。その文化圏を知らないと、ファンがどこにこだわるとか、わかんないもん」

若葉のショックとは反対に、意外と寛容派な菜絵《なえ》。漫画ジャンルで俺が細かい間違いすると怒るくせに……。だが、俺にはまだ別の心配事があった。

「それはまあそれとして……それで比香里、アニメの内容はどうだった？」

俺は断固たる決意を持って尋ねる。

「……面白かったか？」

別に、モビルスーツの見分けがつかなくても作品を観るだけならできる。だが、もし物語に興味が持てなかったとしたら――俺たちの間で名作中の名作という評価が揺るぎないファーストガンダムが楽しめなかったとしたら……その時は、俺たち創造部と比香里の感性が決定的に食い違っているということなのだ。

たとえ狭量だと言われようが、感性が違うオタクとの会話は、基本的に悲劇しか生まないという認識を俺たちは持っている。だから相当の緊張をもって尋ねたのだが、比香里は……。

「とっても面白かったです！」

またさらりと、賞賛したのだった。

「それはよかった！」

再び、部員たちのあいだで歓声が上がった。若葉と千春《ちはる》など、シェイクハンドして喜んでいる。まるでスペースシャトル打ち上げに成功したような歓喜だった。

ここに至ってようやく俺は、新入部員勧誘が上手《うま》くいったことを確信して安堵《あんど》したのだった。

「ひかり、ちなみに、シーンではどこがよかった……？」

若葉が、それでも訊かずにはいられないようで比香里に尋ねる。

「えっと、最後、赤い方の乗ってらっしゃる機械が首だけになるじゃないですか。それで、白い機械は首がなくなりまして」

「うん、うん」

最後のジオング対ガンダムだな。ラストシューティング、名場面中の名場面だ。

「首だけが飛んでいるあれはやっぱり、平 将門《たいらのまさかど》公の呪《のろ》いだったのでしょうか？」

「斬新な解釈だなおい！」

一体どこに将門公が入ってくる余地があったんだよ！

――と、そんな空気をまとめるように、みとせ先輩がぽん、と手を叩《たた》いた。

「ま、ともかく……最低限のテストも合格ということで、それじゃあ改めて、創造部でこれからよろしくね、比香里《ひかり》ちゃん！」

「はい！　よろしくお願いします！」

自然にみんながまた拍手で比香里を歓迎する。

「それじゃあ、比香里ちゃんを入れたこの六人で会議を……」

そうみとせ先輩が切り出したその時だった。

コンコン、と扉を叩くノックの音が部室に響いた。

「……ん？　誰だ？」

俺が訝《いぶか》しげに言った瞬間、返事も待たずに部室の扉が勢い良く開け放たれた。

「――星月《ほしづき》比香里さんは、いますか？」

いきなりそんな言葉と共に現れたのは、明るいミディアムヘアを両サイドでねじって束ねた女子生徒だった。見るからに高飛車で、他者を見下すようなオーラが全身から溢《あふ》れている。

そして、その後ろに隠れていたもう一人の女子生徒がすっと姿を表す。こちらはおどおどした短い黒髪の女子だった。黒髪の女子は、部室内を軽く見渡してから叫んだ。

「あっ、星月さんっ！」

その声に、ただ座ってほえ～、となりゆきを見ていた比香里が反応する。

「あれ、志乃原《しのはら》さん？　どうしたんですか？」

どうやら、この黒髪の女子の方は志乃原という名前で、比香里の知り合いらしい。

「輪泉《わいずみ》さん、あの方が星月さんです！」

志乃原さんは比香里を指差しながら、高飛車そうな女子に告げた。

「……なあ、あんたら一体何なんだ？」

俺は、もう一度その二人組に尋ねる。すると、輪泉と呼ばれた高飛車な方の女子が、毅然《きぜん》とした態度で答えた。

「私は、室内楽部三年の輪泉紗羅《さら》です。そちらの星月比香里さんを、スカウトに来ました」

「スカウト……？」

「恥ずかしながら我が室内楽部は今、人材不足で……ピアニストを探していたのですが、志乃原さんによればこの星月さんがピアノを弾けると聞いて、是非にと思いまして」

その言葉に、比香里はぶんぶんと手を振りながら応えた。

「あ、あの、私確かに子供の頃からピアノはやっていますけど、そこまで大したものでは……」

そう謙遜《けんそん》する比香里の言葉に、志乃原さんはたたたと部室に入ってくると、比香里の手を握りながらこう言った。

「いえ、本当は何部でも良いから……星月さん！　お願いだからここじゃないまともな部活に入ってくださいっ！　この部活の人たちが校内からどう見られているか知っていますか？

この学校きっての変態集団ですよ！」

「変態集団だとっ……！」

酷《ひど》い言いように俺はカチンと来る。そして、俺と同じように激高したやつもいた。

「そうです、ボクたちのどこが変態なんですか！」

千春《ちはる》だった。正直、女装で言うのはかなり説得力が乏しかった……。が、さらに俺が何か言い返そうと思ったその時——

「かえれ……」

「……若葉《わかば》？」

若葉が、すっと輪泉《わいずみ》さんたちの前に立ちはだかって、こう言い放った。

「おまえたちのようなふとどきものにひかりは渡さない！　もう、ひかりは創造部のなかまなんだ！」

若葉は腕組みして二人の前に仁王立ちする。最初は比香里《ひかり》がこの部活に入ることに抵抗を示していたあの若葉が。その姿に、俺はほくそ笑む。

「……そうだ、よく言ったぞ若葉。もう比香里は……創造部の部員だからな」

おそらく俺たち全員が同じ気持ちだった。もう承認は終了したのだ。おいそれと、うちの部員を渡すわけにはいかない。だが、向こうも引く気はないようで、はあ、とため息を吐《つ》いて輪泉さんが言う。

「あのですね。こんな部活にいることが、星月《ほしづき》さんの進路にどれくらいプラスになるんですか？」

「進路……だと？」

「そうです。内申書に、高校時代に取り組んだこととして、『オタク活動をしていた』と書けるんですか？　まあ、百歩譲って将来プロのクリエイターにでもなる気なら別ですけど」

くそっ。好き勝手言いやがって。クリエイターのプロなんて、なりたくてもなれるもんじゃねえだろうが。

「プロにならなきゃ活動に意味がねえなら、高校生の部活のほとんどに意味がなくなるじゃねえか。運動部だって、将来プロになるやつなんて……」

「いいえ、『まともな』部活なら、内申書に書けますから。例えば室内楽部で全国大会に行けば、大学の推薦も取れます。でも、あなたたちが作ってるのは、あの映画みたいな、低俗だったり卑猥だったりするものでしょう？　そんなものを続けて、何になるんですか？」

その言葉を受けて俺は——一気にヒートアップする。自分の持てるハッタリ力を全開にして、毅然《きぜん》と立ち向かった。

「……うるせえよ！　お前らの動機の方がよっぽど低俗だろうが。内申？　推薦？　そんなものに人生の『実』はねえんだ。お前らは、死ぬほどつらい思いをして、作品を作り上げたことがあるのか？　この作品が傑作になるなら、命だって惜しくない。そんなことを思ったことがあるか？　たとえアマチュアだろうとなあ……俺たちは……創作に命を懸けてるんだっ！」

俺は熱く弁舌を振るう。

「そんなに言うんだったらいつももっと早く脚本あげてよね」

「がはっ！」

こんな時にまで投げられた菜絵《なえ》の正論という槍《やり》が俺の脇腹《わきばら》を貫いた。

「あなたたち、本気でそんなこと思ってるんですか？　人生を踏み外して、可哀想《かわいそう》に……」

輪泉《わいずみ》さんは俺たちをあからさまに見下しながら言った。そんなピリピリした雰囲気《ふんいき》の中――

「あのー……」

渦中の比香里《ひかり》が、そっと手を挙げた。

「輪泉さん……？　すみませんが、私――自分の意志で、ここにいるんです」

比香里はきっぱりと言った。輪泉さんはその言葉に虚を突かれたようだった。

「星月《ほしづき》さん、あなた正気……？　内申書にプラスどころか、マイナスになることも……」

「私、内申書のために部活をしているんじゃありませんから！」

そして比香里は、力強く言葉を紡《つむ》いでいく。

「たぶん、ピアノが弾ける方は他にもいると思うんです。だけど、私は……『星月比香里』として、この創造部にいたいんです。命を懸けるものはまだ見つかっていませんが、きっと何かができると思うんです」

「星月さん……あなた……騙されてるのよ！　こんな変態の仲間になりたいの!?」

「そんなことないです！　創造部のみなさんは変態じゃないです！　表現に真摯《しんし》なだけなんです！　そうだ、千春《ちはる》ちゃん、あれを見せてあげてください！　あのダダイズムを！　私たちが変態かどうか、実際に判断していただきましょう！」

「えっ？　ダダイズム……あっ、ちはるんＴＶ!?」

いきなり水を向けられた千春が、必死で手や首を振って否定する。

「えっ、いやいやいやいやいや！　ダダイズムでもなんでもないですから、あれ！」

「そ、そうだ比香里、さすがにあれは……というか、むしろあれこそ一番見せちゃだめな……」

俺も千春をフォローしてやろうとするが――

「いえ！　真剣にやったものなら、人の心を打つはずです！」

比香里はいたって真面目にそう思っているらしかった。一同の視線が、千春に集中する。千春はやけくそ気味に叫んだ。

「ええい、ままよ！　それじゃあ……今から、このスカートを脱がずに、女物のパンツに生着替えしてみせます！」

「……えっ？」

その宣言に、訪問者の二人が目を丸くする。千春は間を置かず、パフォーマンスを始めた。

「でんででんででんでーん！　でんでんでででんでーん！」

千春は、スカートの下でもぞもぞとし始めた。さすがに今度ばかりは羞恥心《しゅうちしん》があるのか、赤面しながら周りと目を合わせようとしない。

一方、比香里《ひかり》だけは一度見て慣れたのか、にこやかに手拍子を付け加えている。

「そーれ！　そーれ！　わっしょい！　わっしょい！」

その光景を見ていた輪泉《わいずみ》さんと志乃原《しのはら》さんが、徐々に青ざめていく。

「へっ……変態……変態！　わ、輪泉さん……！　これ……」

「星月《ほしづき》さんがもうこんなに変態に毒されているとは……これじゃスカウトしたところで……」

「ううう……星月さんが……！　星月さんが毒されちゃったよお……！」

耐えきれない、とばかりに志乃原さんは泣きながら踵《きびす》を返し、部室を出て行った。

「あっ、志乃原さん！」

そして、取り残された輪泉さんはちらりと俺たちの方を一瞥《いちべつ》すると。

「……はあ。もういいです。あなたたちといたら、私たちまで頭がどうにかなりそうですから」

志乃原さんを追うように、部室から去って行った。ノリノリの比香里と千春《ちはる》を除き、俺たちはその場にしばらく呆然《ぼうぜん》と立ち尽くしていた。

「……なんだかんだで……一件落着した……のか？」

俺は、あまりの展開に言葉を失っていた。

「……な、なんだか、嵐のような流れだったわね～。で、でも結果オーライかしら？」

みとせ先輩が、場をまとめるように言った。

「うう……強制的に露出プレイをさせられるなんて……」

パフォーマンスを終えた千春ががっくりと膝《ひざ》をついていた。この場から明確に奪われたものがあるとしたら、こいつの尊厳だった。

「よ、よくやったぞ、千春……」

俺はそう言ってなぐさめようと、千春の傍《かたわ》らに寄ってみるが――

「露出……気持ち良かった……」

喜んでいた。心配するだけ損だった。

「……まあ、いいか……。それにしても比香里、すまないな、なんだかお前まで変態扱いされてしまう流れになった気が……」

「いえいえ！　言ったじゃないですか！　私は自分でここにいたくているんですから！」

比香里は、にこにこと頷《うなず》きながら言った。

「それに私、とっても嬉しかったですよ！　湊介《そうすけ》さんをはじめ、みなさんが私のために立ち上がってくださって！」

「……ま、まあな」

比香里が嬉しそうに言うので、俺も照れ隠しで笑う。すると、突然俺の背中にバン、と衝撃があった。

「いてっ!?」

「ま、湊介《そうすけ》もあれだけ言ったからには、命を懸けて頑張らなきゃね？　ふふふ」

弾む声で、菜絵《なえ》は俺の背中をバンバン叩《たた》いた。

「……な、菜絵……なんでそんな上機嫌なんだよ」

「……別に。湊介にしてはいいこと言ったなあって思って。『俺たちは創作に命を懸けてるんだよ』ねえ。どうせハッタリだったんだろうけど、ね」

反論しようかと思った……が、事実だったので言い返せなかった。

「お前、俺の何なんだよ」

「……これでもあたし、湊介のこと詳しいからさ」

菜絵はまだ上機嫌のまま、こともなげに言ったのだった。

＊　＊　＊

「あの、ところで今日ってもともと、私が来ることに関係なく創造部の何か会議があったんですよね？　なんだか……うやむやになってしまいそうでしたけど」

その比香里《ひかり》の言葉に、みとせ先輩は我に返ったように言った。

「あ、そうね。会議会議っと。えっと……じゃあ、今日はわたしが進行するわね」

俺たちの部活では、基本的に仕切りは誰と決まっているわけではない。現場ではハイパー・

クリエイト・プロデューサーである俺が仕切ることが多いが、部活全体の方向性を決める時や対外時などは、このように部長のみとせ先輩が仕切ることもある。

みとせ先輩は中央のテーブルの前に移動して、軽く咳《せき》払いすると言った。

「ということで、仕切り直して……正式に比香里ちゃんも加入した今……改めてこの六人で！　新生創造部としての会議を行いたいと思いまーす！」

みとせ先輩の開会の辞と共に、みんながぱちぱちぱち、と拍手をする。

そして、みとせ先輩はホワイトボードに大きく『6／17　コミックタウン』と、日付とイベント名を書き込んだ。今日は5月21日だから、約一か月後のことにあたる。

「今日の議題は……来月の17日にビッグサイトで行われる同人イベント『コミックタウン』に、わたしたちが創造部として何を出品するか、です！　ちなみにジャンルはいつものように学漫（学生漫画研究会）で申し込んであるから、何を出しても大丈夫よ」

「はい！　すみません、質問いいですか！」

比香里が元気に挙手した。小学校の授業みたいだな……。

「はい、比香里ちゃん、どうぞ～」

「……同人イベントって、どういうものなんでしょうか？」

ずいぶん基本的な質問だな。どこから説明したものか面倒くさそうだ――。

「うん、じゃあその質問は湊介くんが答えて」

司会進行に丸投げされた。

「なんで俺が！」

「だって湊介《そうすけ》くん、言葉の魔術師でしょ。ハイパー・クリエイト・プロデューサーでしょ」

「そりゃそうですけど……」

みとせ先輩も面倒くさかったんだな、きっと……。ということで俺はみとせ先輩の代わりに比香里《ひかり》に講義を始めることにする。

「俺たち創造部は、作品を作るだけでなく、もちろん頒布《はんぷ》もするわけだ。そして、その場となるのが、基本的には大きなホールなどで行われる、同人即売イベントと呼ばれるものだ。まあ、最近は普通にYoutube動画をアップしたり、ネット上の同人販売サイトでデータを頒布したりすることもあるがな」

「一般の方に、頒布……」

比香里が、ごくりと息を呑《の》む音が聞こえてきた。一般の人に作品を売るという概念は、なかなか体験するまでは実感できないものだろう。

「それで、イベントで言うと、一番大きいイベントのコミケは年2回、コミティアは年4回、コミックタウンは年6回ぐらい開催されるが、余裕があれば基本原則に則《のっと》ってできるだけイベントに出るというのが我が部活の基本方針だ。それから議題のコミックタウンについてだが……。これはオールジャンル、二次創作ＯＫのイベントだ。オールジャンルというのは、とにかくなんでも頒布してよしということ。一方、それと対になるオンリーイベントという概念があって、それは例えばジャンルでガンダムだけとか、媒体で音楽ＣＤだけとか、縛りが設けられているイベントのことだ」

「なるほど……それでは、平将門《たいらのまさかど》公のオンリーイベントなども……」

「そんなニッチな上に祟りが怖そうなイベントないよ！」

なんでさっきからそんなに将門にこだわるんだこいつは！

「あと、それから、二次創作可か不可か……これは要するに、元ネタが存在する、いわゆる二次創作作品を出すことができるか、オリジナル作品のみＯＫなのかどうか、だ」

比香里は、それを聞いて感心しながら何度も頷《うなず》いた。

「……はぁあ……覚えることがいっぱいですねえ！」

「それで、同人誌……コピー用紙を使ったコピー本ならうちの部活はだいたい二週間ぐらいかけて一作品を制作している。つまり、イベント開催まで約四週間ある今回は、いつもの動き出しペースから考えると、驚異的なほどに余裕があることになる」

「あっ、同人誌を作るんですね！　同人誌なら私もわかります！」

そう比香里は自信満々に言い放った。これは正直意外だった。

一方、これが活動参加３回目になる千春《ちはる》もテンション上げ気味のようだった。

「ボクなんかはまだこの部活に入って間もないけど、今回は〆切《しめきり》に余裕があるんだからすごいもの創りたいよね！　あの勧誘映画も、こないだのコミティアの同人誌も、結局時間がなくて妥協しちゃったんだから！　これだけ時間があれば、印刷所に出す夢のオフセット本なんかももしかしたら作れるかも……！」

そこで比香里《ひかり》も、にこにこと笑いながら言う。

「それにしても同人誌なんて、学術的ですね！　初めて作ります、私！」

その台詞《せりふ》に、俺は強い違和感を覚えた。そもそも、このハイカルチャーしか知らないお嬢様が、なぜ同人誌を知ってるんだ……？

「比香里、一つ質問いいか？　お前、同人誌というのを本当に見たことがあるのか？　その……とらのあなとかメロンブックスとかで売ってるやつだぞ」

「え？　それは知りませんが……同人誌って、石川啄木《いしかわたくぼく》さんとか武者小路実篤《むしやのこうじさねあつ》さんとかがやってたやつですよね？　『すばる』とか『白樺』とか……」

「日本文学史的意味合いの同人誌じゃねえか！」

「ち、違ったんですか……!?　私、てっきり……」

そこで、千春《ちはる》が何か閃《ひらめ》いたように叫んだ。

「あ、そうだ澪木《みおぎ》先輩！　ボクが比香里さんにサンプルを持ってきますよ！」

「え？」

そう言うと千春は息巻いて本棚の方に小走りに駆けていった。そのまま、本棚から腕いっぱいに薄い本を取り出し、抱《かか》えて戻ってくる。

「はい！　これが同人誌でございい！」

そして、千春は机の上にばらばらと薄い本を広げる。机の上があっという間に肌色で満たされた。

「どうですか比香里さん、これが、現代の同人誌ですよ！」

「はわっ……！」

表紙だけでもわかる。ここにあるほとんどが、最上級にエグくてエロいやつだった。触手ものとかまである。それを見た比香里は――

「…………」

現実からログアウトしそうな勢いでフリーズしていた。

「……このばか」

菜絵《なえ》が、総集編の極厚同人誌で千春の頭をはたいた。

「あたっ！」

「いきなり純粋な比香里ちゃんにこんなの見せないで。これは没収。同人誌がエロしかないって誤解されちゃうでしょ！」

ごもっともだ……。怒りのままに菜絵は同人誌を掻《か》き集めて、机の引き出しの中に雑に放り込んだ。

「ウウ……ボクの大切な同人誌コレクションが……」

「でも千春《ちはる》、今お前、半分わざとやったろ？　ここに持ってくるまでに肌色率に気付かないわけないだろう……」

「てへ♪」

「てへじゃないっつーの！」

俺は千春に対して立ちアームロックを極《き》めた。

「あいたたた！　関節はやめてくださいーーーっ！」

このままだと、こいつのせいでどんどんアームロックがうまくなってしまいそうだ。

「大丈夫？　比香里《ひかり》ちゃん、比香里ちゃん」

一方、みとせ先輩がぱっぱっと比香里の目の前で掌《てのひら》を動かして正気に戻す。

「はっ……い、今のは……」

比香里は俺の目を見て、言った。

「……今のが現代の同人誌って……うそですよね？」

「残念ながら事実だ。あれが現代の同人誌だ」

「啄木《たくぼく》さんが泣いてますよーーー！」

「あら、でも啄木も、清貧なイメージのわりには『ローマ字日記』とか読むと借金して風俗に行ったりしてて、わりとアレな人よ？」

「みとせ先輩、そういう豆知識フォローは今いらないから！」

そこで、みとせ先輩は、何故か急に微笑《ほほえ》むと、人差し指を立てて俺たちにウインクをした。

「というか二人とも、同人誌のことを教えたいなら、とりあえずうちが前回のコミティアで頒《はん》布《ぷ》したものを持ってくればいいじゃない？」

「それだ！」

先輩のナイスな意見が出た。というか、最初っからそうしてれば良かったんだ。俺たちの活動の説明にもなるしな。ということで俺は本棚から同人誌を一冊持ってくると、テーブルの上に乗せた。

「どうだ、比香里《ひかり》。これが、俺たちが作った同人誌だ！」

「わあっ……！」

比香里は、目を輝かせながらその冊子に飛びついた。

俺たちが前回（今月）出したのは、コピー本のオリジナル漫画16P、『銀河いっぱいに惑星を』。テラフォーミングがテーマのスペースアクションものだ。もちろん健全本なので比香里に見せても安心だ。まあ、売れ線狙《ねら》いで衣装とかの露出度は高くしてはあるのだが。

「こういうの、すっごい求めてましたー！」

比香里は嬉しそうにその本を高く掲げながら、ネットスラングキャラの『飢え過ぎ謙信《けんしん》』みたいな台詞《せりふ》で喜んだ。

「ちなみに、このオリジナル漫画は俺が原案、菜絵《なえ》がキャラクターの作画、みとせ先輩が背景を3DCGで作った」

「ちなみに、若葉《わかば》とちはるは、かれいなべたぬりを……」

若葉も、ここぞとばかりに自分のささやかな仕事をアピールした。

「絵もすごい綺麗《きれい》ですし……うわー、すごい、SFですね！　私、小説ならSFも割りと読みますよ！　テラフォーミングだと、ブラッドベリさんの火星年代記シリーズとか……」

比香里はパラパラと本をめくっていく。だが、俺は比香里が後半のページに到達する前に、反省点を先に述べた。

「ただ、この10ページ目以降は、正直黒歴史だと思っている……」

「え？　10ページ目から一体なにが……あれ、この漫画の主人公さん……どうしてこのページから唐突に半裸で目医者を探してるんですか？」

「時間がなくて、俺の原案がそこまでしか間に合わなくてな……そこからは完全に菜絵が話を考えている……そうしたらどうしても菜絵のサブカル色が消せなかったんだ……」

菜絵の趣味が全開になったそのSF漫画は、徐々につげ義春《よしはる》色が濃くなっていき、最後は惑星のテラフォーミングを諦《あきら》めた主人公が河原で石を売り始めて終わる、完全なる不条理サブカル漫画になっていた。

「あ、あたし悪くないし！　あたしが手癖で作ったらそうなっちゃうんだからしょうがないじゃない……あとちょうど『無能の人』とか読んでた時期で……」

菜絵《なえ》は、俺たちの責めるような視線に必死で弁解した。

「それで、結局50部作ったのに、7部しか売れなかったのよね……」

みとせ先輩が肩を落とす。だが、比香里《ひかり》はむしろ目を輝かせた。

「いえ、ゴッホさんは生涯1枚しか絵が売れなかったと言われているのに……7部も売れるなんてすごいです！　この本だけで、ゴッホさん7人分の価値があるんですよ！　7ゴッホです！」

ゴッホ算。斬新な基準だな……。

みとせ先輩が、まだ同人誌を読み込んでいる比香里に声をかける。

「でも、どう？　比香里ちゃん。わたしたちでこういうものを、一緒に作っていくの。わくわくしない？」

「はい、すごく、すごく……興奮します！」

それを聞いて、みとせ先輩は満足そうに頷《うなず》いたのだった。

「うんうん。それじゃあ改めて会議に戻るけど……今回照準を合わせる来月のコミックタウン。何か、企画のアイデアなど持ってる人はいるかしら？」

俺は静かに挙手した。

「はい、湊介《そうすけ》くん」

「この部活でバーチャルYoutuberを作りたい」

俺の提案がいささか唐突だったのか、部内に動揺が広がっていくのがわかった。

「なんでまた、このタイミングで……？」

「……それ、同人イベント、かんけいあるか？」

比香里も、ぽかんとしていた。

ふふふ、ハイパー・クリエイト・プロデューサーである俺が突拍子もないことを言い出すのはいつもの流れなのだが、まだそれに慣れてないと見えるな？

「バーチャル……Youtuberとは……？」

ああ、そっちがわからなかったのな。仕方ない、また解説しておくか……。

「いいか比香里。『バーチャルYoutuber』は、２０１７年頃からネットで始まったトレンドで、今まで人間がやっていたYoutuberを、３ＤＣＧで作られたキャラクターがやるようになったものだ」

「あっ、あの千春《ちはる》ちゃんみたいなことを、ＣＧのキャラクターがやるんですか？」

「そうだ。そしてその結果、人間がメインだったYoutuberブームの時にどうしてもオタクの抵抗感になっていた『ウェイ感』や『リア充感』の排除、グッズ展開を含めたキャラクタービジネスなどに成功し、２０１８年現在、オタク向けトレンドとして完全に大ブームとなっているわけだ。なかでも人気が高い俺のオススメはバーチャルYoutuber四天王という存在で、キズナアイ、ミライアカリ、バーチャルのじゃロリ狐娘Youtuberおじさん、輝夜月《かぐやるな》、シロ、の五人だな」

「四天王なのに五人いますよ？」

「そのあたりは追及しないことになっている」

五人揃《そろ》って四天王ネタは普通に鉄板だしな……まあ、このあたりでバーチャルYoutuberの説明は十分だろう。

「でも湊介《そうすけ》くん、そのバーチャルYoutuberが同人イベントに関係あるの？　ネットがメインなら別に今やらなくても……」

みとせ先輩が疑問を提唱する。

「いえ、むしろ同人イベントのためです。今バーチャルYoutuberを立ち上げれば、そこでグッズを売ることができる。俺たちがバーチャルYoutuberに手を出すのは、早ければ早いほどいい。それは、まだ先行者利益というものがあるからです。新しいムーブメントが起きた時にはコンテンツの全体量が少なく、需要に供給が追いついていない状態です。だから大きなビジネスチャンスが生まれる！」

俺は、部室のホワイトボードにきゅっきゅっきゅと『先行者利益』と書き込んだ。

「俺はバーチャルYoutuberのムーブメントは一過性でなく、まだしばらく続くと考えている。だから、参入するならいま！　2018年の今なんだ！　そしてこの創造部の面子《めんつ》を見渡すと……凄腕《すごうで》の３ＤＣＧアーティスト！　アニメ声の声優！　キャラ展開を用意にするイラストレーター！　おあつらえむきに全て揃っているんだ。なら……やるしかない！　俺たちが、バーチャルYoutuberを作ってビッグチャンスを掴《つか》むんだ！」

俺は、部内の面々を指差しながら、口角泡を飛ばして力説した。

「……そうね、いいわね、やりましょうか。ちょうど作りかけの人型３Ｄモデルもいくつかあるし」

まずみとせ先輩が賛同した。

「まあ、決まったことなら……あたしもいいけど」

「若葉《わかば》も、おっけーだ。いい声だすぞ！」

菜絵《なえ》と若葉も賛同。

「あ、私にできること、何かあれば……お手伝いします！」

比香里《ひかり》も意気込んで言った。

「比香里には、モーションキャプチャーをお願いしようか。その楚々《そそ》とした立ち振る舞いは、キャラクターの重要なキーになるかもしれん」

「わー、頑張ります！」

「よし！　これで必要なピースは揃ったぞ！　バーチャルYoutuber、略してVtuber《ブイチユーバー》……創造部のオリジナルVtuberプロジェクト！　今ここに始動だ！」

俺たちは掌《てのひら》をそっと重ねていく。

『プロフェッショナル　仕事の流儀』なら、この辺りでスガシカオの歌声が流れ始めるタイミングに違いない。俺たちの運命を乗せた列車が、今ここから、動き出すのだ！

そして、掌を強く押して解散しようとした瞬間——

「ちょ――――っと待ったあああ！」

動き出した列車（掌）に千春《ちはる》が割り込んできて、盛大にストップをかけた。まるで走り出した列車をセガールに邪魔された気分だ。

「おいおい、どうしたんだ千春、せっかくいい感じに心が一つになりかけていたのに」

「ボ、ボクだけ蚊帳《かや》の外なんですけど！　っていうか、ボク、元々ユーチューバーなんですけど！　ボ、ボクの立場はどうなるんですか⁉」

「だって、3DCGはみとせ先輩が作るし、声優は若葉《わかば》がやるし、イラスト系は菜絵《なえ》が描くし、比香里《ひかり》がモーションキャプチャーするとしたら……まあ、千春はクビか雑用だな。個人的にあのパンツ動画みたいなやつの投稿を続けたかったら別に止めはしないが」

「クビか雑用⁉」

千春はネジが外れたみたいに、ケラケラと笑い出した。

「泡沫《ほうまつ》ユーチューバーが売れたり消えたりする……。あはは。あっはは。大きい！　いや、違う。違いますね、ユーチューバーの人気ってもっとこう……バァーッて動くもんな！　おーい！　出してくださいよお！　あはは！」

「ちはるの精神がこわれた……ゼータガンダムの最終回のカミーユみたいな感じにこわれた……」

千春の現実逃避っぷりを、若葉が的確に指摘していた。

俺は、千春を正気に戻すため、肩に手を当てて身体《からだ》を揺すりながら言う。

「千春よ、現実を見るんだ！　時代はバーチャルだから……今さら生身のユーチューバーに需要はないんだよ！」

「うう……先輩……。酷《ひど》いですよ！　女装までしたのに！　ボクのことは遊びだったんですね！」

魂の叫びだった。そして、千春は俺の腰元に飛びついて、しがみついてきた。

「ううう……お願いします……ボクのレゾンデートルがぁ……止めて、Vtuber止めて……」

俺は千春を振り切ろうと、千春をずるずると引き摺《ず》ってパソコンの前まで移動する。

「それじゃあみとせ先輩、３Dモデルの制作を……」

そこで、とうとう比香里が助け船を出した。

「あの、さすがに千春ちゃんが可哀想《かわいそう》なので……やめてあげた方が……」

「おねしゃす！　おねしゃす！」

必死で訴える千春は、今世紀最高レベルに美しい土下座で懇願《こんがん》した。

「……しょうがねえなあ……」

ということで、創造部主導のオリジナルVtuberプロジェクトは、今回はひとまずのところ白紙に戻ったのだった……。

＊　＊　＊

「ということは、真面目に企画を考えないといけなくなったわけだ」

俺たちは強制的にふりだしに戻されて、途方に暮れていた。というか、Vtuber結構マジメにやりたかったんだけどな……。

「どうしよう、そーすけ……ここはやはり、ロボットものでいくしか……」

若葉《わかば》がここぞとばかりに自分の好きなジャンルをアピールしてきた。

「……ロボットものは作画が大変だから、できればやりたくない」

菜絵《なえ》がはっきりと拒絶した。まあ、前回がSF漫画だったから、二作続けてSFというのも、確かにないだろう。となると……俺のマーケティング力の出番だな！

「今、何が売れているのか……何を作ればいいのかを見極めるのがプロデューサーの仕事だ。だからそうだな、売れ線を狙《ねら》うなら、今の流行はやはりファンタジーだろうな。それも、ローファンタジーだ。指輪物語のようにガチガチに世界観を設定してくるハイファンタジーに比して、我々の日常世界ベースのようなゆるいファンタジー……」

俺は、ホワイトボードに『ローファンタジー』と書き込んだ。

「つまり、今回はローファンタジーの、異世界転生ものを……」

その時だった。比香里《ひかり》が、おずおずと挙手した。

「あの……私、いいですか？」

「ああ、比香里もアイデアなどがあればどんどん言ってくれていい……」

「私、この週末で企画書、というものを書いてきたんですけど、一度みなさんに見ていただいてもいいでしょうか？」

「……え？」

俺は一瞬、比香里が何を言っているのかわからなかった。

この週末……って、こいつまさか、ガンダムの映画を観ながら平行して企画書を……!?

「はい！　脚本もおおまかにですけどできてて……えへへ」

俺は、比香里に手渡されたその企画書から始まる紙の束をぱらぱらと調べてみる。手書き原稿で、こないだ俺たちが見せたクソフラシツボドリルの企画書フォーマットを参考にして作ったようだった。脚本も、確かにおおまかなものではあったが、10ページほどの分量を持っており、とりあえず最後までの展開は描かれているようだ。

馬鹿な。行動が早い。早すぎる！

「えー、すごいじゃない、比香里《ひかり》ちゃん！」

「ひかりの企画、興味ある……」

「これは、新しい風が創造部に吹きますすね！」

などと色めき立つ一同をよそに、俺が思っていたのはまったく別のことだった。

まずい。このままでは、俺の立場がなくなるのでは……？

「どうしたの湊介《そうすけ》、顔色が悪いけど」

「……ま、まあ、とりあえずみんなで読んで検討してみようか」

焦ることはない。創作を覚えて僅《わず》か数日、素人《しろうと》に毛が生えたような比香里の企画書など、そんなにクオリティが高いはずがないのだ。

内容を読んで、しっかりがっつり重箱の隅をつつくような陰湿なダメ出しをしていくぞ！

【企画書】
タイトル『春風のエトランゼ』　5／20　星月《ほしづき》比香里
【フォーマット】
漫画

【企画概要】

舞台は現代です。とある高校に、バレエ団から抜け出してきた留学生の女の子がやってきます。その少女は、心因性の病気で足が悪くなって踊れなくなっていたのですが、高校生たちとの触れ合いで自信を取り戻して、もう一度踊れるようになるという、感動作品です。

少女の不安とシンクロするように、作中でバレエが進行していきます。最後には、バレエの終演とともに、高校生たちの不安、少女の不安、すべてが解決に向かうという、流れでのまとまりを持った短編作品になる予定です。

これが企画書か。……困った。短めなこともあるが、特にダメ出しするところがない。どころか……結構良さそうなのではないか……？

「へー、すごいじゃない！」

部員のみんなに至っては、脚本部分の回し読みに移行していた。

「比香里さん、これ、よくできてますね！　現代劇なら予算もかからずに済みそうだし、資料もうちの高校で賄《まかな》えますすよ！」

千春《ちはる》まで無邪気にはしゃいでいる。

「えへへ、がんばって作ってみたんです！　帰り道に思いついたお話をメモにとったりして……」

俺は、この部活内の重力が、徐々に比香里《ひかり》に集中していくのを感じた。背中にじっとりと汗が浮き出る。

数日前まで創作のことを何も知らなかったくせに、なぜここまで……こいつ、まさか天才なのか……？

それに……真に恐ろしいのは脚本パートだ。文章のクオリティが高すぎる。語彙《ごい》も豊富だし、それでいて文章自体は不思議と読みやすいのだ。なかには、俺の読めないような難読熟語まであって……『躑躅《つつじ》』って、これなんて読むんだ？

そこで、俺は気付いた。比香里は、子供の頃から小説しか読ませてもらえなかったと言っていた。つまり、俺とは読んできた文章の量が違う……まさか、俺より圧倒的に文章力が高い……？

「うん、いいんじゃない？　これ――」

みとせ先輩が企画をそのまま前に進めようとして――

「いっ、いやいやいや！　比香里は全然わかってないな！」

俺は猛烈な勢いで流れに異議を挟み込んだ。

「え、あの……私……なにかやらかしちゃいましたか？」

比香里が不安そうな声で俺に問いかけてくる。

「……足りない」

「え？　な、何がでしょう……」

「この企画には……エ、エロスが足りない！　男オタに受けるサービス要素が――」

だが、そんな俺の難癖に、みとせ先輩が否定の意見を返す。

「たまには、男オタだけじゃなくて、違う層を開拓っていうのもありなんじゃない？」

「い、いや、プロデューサーである俺が言っているんだから……」

そこらで、周りからも少しずつ文句が出はじめる。

「そーすけ、器が大きいんじゃなかったのか……」

「さっきあの輪泉《わいずみ》さんたちに啖呵《たんか》を切ったとき、ボク、せっかく澪木《みおぎ》先輩のことかっこいいと思ったのに……」

くっ……！　俺の株が、凄《すさ》まじい勢いで暴落していく……！

「ねえ湊介《そうすけ》くん。わたし思うんだけど、別にこの部活に複数ラインがあってもいいんじゃない？　ジブリにも、宮崎《みやざき》監督と高畑《たかはた》監督がいて、それで交互に出すことができるから無駄がなくなるみたいに」

そして、みとせ先輩はその企画書を手で軽く叩《たた》く。

「特に他に企画の候補もないわけだし、とりあえず次のコミックタウンにはこの企画を進めることにしましょうよ」

「だっ、ダメだ！　ダメだ！　ダメだ！」

俺は、突き動かされるようにNOを連発する。もうなりふりなど構っていられない。この部活内でのヒエラルキーの危機なのである。何か言え。何か言わなくては。そんな思いに突き動かされ、俺は口からでまかせを言った。

「実は……お、俺にも次のコミックタウンに持っていきたい企画があるんだ！」

「……あら、それなら話は変わるわね。最初から言ってくれたらよかったのに。どんなの？」

「い、今はまだ形にはしていないが……す、すごいのが……」

俺はしどろもどろになる。すると――

「本当に……企画があるなら、あたしは湊介《そうすけ》の企画に乗ってもいいけど」

暫《しば》く黙っていた菜絵《なえ》が、そんなことをきっぱりと言った。とりあえず、味方になってくれるのは助かるが。

「うーん……ならやっぱり2ラインに分かれた方がいいんじゃ……」

「だ、ダメだ！　す、スケールが小さくなってしまう！」

俺は、もっともらしい理由をつけて反対する。どうにかして、俺の威厳が最大に保たれる方向で話をまとめねばなるまい。

「でもそーすけ、どういうきかくか、かたちがないと……」

「〆切《しめきり》が近づけば形になるんだよ！　俺のようなクリエイターはそういうタイプなんだ！」

苦しい言い訳だろうが、俺はかたくなに抵抗する。

「〆切ねえ……」

その時だった。みとせ先輩が、何かを閃《ひらめ》いたようにふっふっふと不敵に笑ってから、こう言った。

「それなら、こうするのはどうかしら？　わたしが提案するのは……湊介くんと比香里《ひかり》ちゃん、二人でチームに分かれてコミックタウンに向けての創作前哨戦《ぜんしょうせん》……名付けて『クリエイトバトル』よ！」

みとせ先輩は、人差し指を前に突き出しながら言った。古いドラマなら背景に雷鳴でも轟《とどろ》きそうな勢いだ。

「前哨戦？　クリエイトバトル……？」

「かつて春秋戦国時代の中国の官僚たちの間でも、コミケに何を出すか意見が割れた時にはこのクリエイトバトルが行われたと言うわ」

「絶対嘘《うそ》だ、そんな時代の中国にコミケないでしょ」

俺はみとせ先輩の適当な発言を見事に看破した。

「説明してください、みとせ先輩が考えてるそのクリエイトバトルって何なのか」

「それはね……？　幸い、まだ来月のコミックタウンの〆切まではたっぷり時間があるし、比香里ちゃんも創作に慣れていないうちは、習作から始めた方がたぶんいいでしょ？　なので、今ある企画のパイロット版、もしくは別の小品を湊介くんと比香里ちゃんそれぞれに一旦作ってもらって、どちらがより優れた作品を作ったか、その勝敗で勝った方が創造部全員を動員してコミックタウン用の創作をするの！　そうすれば一つでも多く作品を創るという活動原則にも沿うしね」

なるほど、それなら確かに序列ははっきりつくし、制作ラインも一本に集中できる。だが……ある意味では、必ず敗者が出る残酷な方法と言えば残酷な方法だ。俺が勝つことは間違いないが、果たしてそれを比香里《ひかり》が受け入れるか……。

「2チームに分かれて、湊介《そうすけ》さんと……バトル……？」

「……しかし……比香里よ、さすがに創作初心者がいきなり俺と勝負するというのはきついのではないか？　ここは……撤退しても恥ずかしくないぞ……？」

俺は、比香里に慈悲を与えるような口調で言った。だが、比香里は臆病風を吹かせるどころか……。

「私が……いきなりみなさんの力を借りて、共同制作できるんですか!?」

「……え？」

なぜ、そんなに目が輝いているんだ？

「面白そうです！　是非、やってみたいですー！　湊介さんと創作で対決、すごく楽しみですー！」

ノリノリだった。受け入れるのかよ！

「湊介くんはどう？」

「……ま、まあ、俺もいいですよ」

というか、この流れで俺が断ったら器の小ささが極まってしまうではないか！

「うんうん。それじゃあ、このクリエイトバトルのレギュレーションを詰めていきましょうか」

それから三十分あまりの時が流れた。俺たちは集まってああでもないこうでもないと相談し、徐々に『クリエイトバトル』のレギュレーションが固まっていった。

「よし！　だいたいこんな感じかしら」

創造部　第一回クリエイトバトル　レギュレーション

・湊介チームと比香里チーム、3対3に分かれて作品を作る。
・作品形式は自由。
・作品はネット同人サイト『DL同人ドットコム』で販売する。値段も自分たちで自由に決めてよし。
・期間は二週間。この期間に企画を立てて、制作し、販売するまでがすべて含まれる。
・勝者チームが主軸になって、来月のコミックタウン用の企画を制作することとする。

「……それで、あとは勝ち負けですが……最終的にどっちのチームの方が優れた作品を作ったかって、どうやって審判するんですか？　多数決？」

もっともな菜絵《なえ》の質問が飛んだ。俺は、議論が深まる前に音速で提案する。

「売り上げ！　金！　金だ。金にしよう。作品の優劣は個人の感想でしかないが、売り上げの数字だけは嘘《うそ》をつかない。それが売り上げ厨《ちゅう》の常識だ！　金こそが、唯一の判断基準なんだっ！」

俺は唾《つば》でも飛ばさんばかりの勢いでまくしたてた。

「そーすけ、売り上げ厨をじしょうするのか……」

「ていうか、鼻息荒く金、金って連呼しないでよ、品がない」

若葉《わかば》も菜絵も随分と手厳しかった。

「でも、まあ湊介《そうすけ》くんの言うことももっともではあるわね。3対3に分かれるんじゃ多数決にもできないし。あと比香里《ひかり》ちゃんがその条件を呑《の》むならだけど、どう？」

「私はそれで大丈夫です！　その……ネットでものを売れるっていう仕組みもよくわかってませんが、ＯＫです！」

いまの比香里なら何でもルールを呑みそうな感じだった。

「うん。じゃあ、勝敗は作品をネット上の販売サイトで売って、二週間後により利益を上げていた側の創作を勝利とする、と……。ちなみに同人販売サイトのアカウントは、わたしが作ってそれぞれに配布するから、お互いのチームが販売している作品やその販売数は、結果発表の日まで見ないことにしましょう。はい、これでレギュレーションは完成！　それじゃあチーム分けは……どうしましょう、誰か希望はあるかしら？」

「……あたしはさっきから言ってる通り、湊介の企画に乗るけど」

菜絵が真っ先に手を挙げて、そんなことを言った。

「えー……」

俺は、微妙そうな声を上げた。

「……いやなの？」

菜絵から、きり、と殺意を込めた視線が飛んできた。

「……トンデモゴザイマセン」

俺は硬直しながら答える。本当はみとせ先輩の技術力が欲しかったが……まあ仕方がない。腐れ縁ということは勝手を知っているわけだし……菜絵を怒らせると過去の俺の恥部とかをほじくり返されそうで怖いしな……。

「じゃあ、まず菜絵ちゃんが湊介くんチーム、と。後は……」

「はいはいはい！　ボクも澪木《みおぎ》先輩チームで！」

千春《ちはる》がうるさいくらいに手を挙げる。

「一番役に立たなそうなユーチューバーのお前が来ても使い道ないんだが……」

「ユーチューバー馬鹿にしないでください！　アクセス数あります！　あるから！」

「じゃあ、湊介《そうすけ》くんチームに菜絵《なえ》ちゃんと千春《ちはる》ちゃんが入って、必然的に、わたしと若葉《わかば》ちゃんが比香里《ひかり》ちゃんチームに入る……と。いいんじゃない？　創作分野のバランス的にも整ってて」

かくして、同人作品制作バトルである『クリエイトバトル』は、ここに2チームが出揃《でそろ》ったのだった。

湊介チーム
企画　澪木《みおぎ》湊介
2Dイラスト　楠瀬《くすのせ》菜絵
ユーチューバー　武見《たけみ》千春

比香里チーム
企画　星月《ほしづき》比香里
3DCG　桃栗《ももくり》みとせ
声優　日向夏《ひゅうがなつ》若葉

まあ……こんなもんだろう。みとせ先輩の技術力は惜しいが、菜絵だって、放っておいたらサブカル方面に寄るだけで、決して絵が下手《へた》なわけではないのだ。これなら最終的に企画力の勝負になりそうな気はする。ユーチューバーの使い道だけはまだ思いつかなかったが……。

「この3対3で、作品を作る……最終決定でいいわね？」

今、みとせ先輩の最終裁定が下されようとしていた。そして、それは俺と比香里の、戦いの日々の始まりでもあった。

「望むところだ」

「がんばります！」

俺と比香里が同意して——

「それじゃあ、二週間後、ここでまた会いましょう。レッツぅ……クリエイト・オン！」

そんな、みとせ先輩の謎の少年マンガ風掛け声と共に会議はお開きになった。

クリエイトバトルか。

予想だにしなかった展開となったが——

俺の全身全霊が——比香里のような素人《しろうと》に負けるわけがないと言っている。いや、負けるわけにはいかないのだ。

そう、どんな手を使っても……。

クロハルSS『やっぱり千春がナンバーワン！』

先輩！　ついにやりましたよ！
ユーチューバーランキング、1位獲得です！
えっ！？　何かの間違いだろ!?
失敬な……この、ユーチューバーを
特集したホームページを見てください
本当だ！　世も末だな……ん？
待てよ、このランキング……
『今にも垢BANされそうなやばいユーチューバーランキング』じゃねえか！
てへぺろ☆

創造部　部員プロフィール④

武見千春

Chiharu Takemi

専門分野：ユーチューバー
クラス：1-C
誕生日：5/15
身長：161cm
体重：58kg
趣味：同人誌収集、自撮りをインスタにアップ
今一番欲しいもの：湊介の寵愛（イジりを含む）
先月のYoutube収益：430円（なんでバラすんですかー！　どうせ底辺ですよー！）

第五章　開戦！　クリエイトバトル

【湊介《そうすけ》チーム一日目】

……さて。

かくして、俺と比香里《ひかり》とのチーム対抗クリエイティブ真剣勝負が始まったわけだが、今日は俺のチーム、その最初の作戦会議である。

俺、菜絵《なえ》、千春《ちはる》。

放課後の夕方、俺たち三人は作戦会議と称して俺の家に集合し、居間でまったりしていた。

「あー……」

人をダメにする巨大ビーズクッションに包まれながら千春がヒキガエルのように情けない快楽の声を上げている。

「このクッション、澪木《みおぎ》先輩の匂いがするぅ……ダメになるぅ」

「今すぐポリスに通報してもいいか？　女装した変質者が家にいますって」

「人生がダメになるぅ……」

一方、菜絵も菜絵で、俺の家のソファに横たわって、サブカル臭のすごい漫画を読んでいた。

その、表紙の顔面から内臓がはみ出てるような漫画、どういうアンテナで見つけるんだ……。

「勝手知ったる面子《めんつ》が揃《そろ》ったのはいいが、みんな、だらけないように気合いを入れていくぞ。俺たちは絶対に比香里チームに勝つ覚悟だ。それで、各々《おのおの》そのままの姿勢でもいいので企画会議を始めたいのだが」

　俺は、テーブルの上でノートパソコンをカチカチいじりながら会議を進行する。

　菜絵は漫画本から目を離さずに聞いてきた。

「それで湊介は、どういう企画でいくつもりなわけ？」

「何も決めていない」

　俺はこともなげに言った。すると、菜絵が少し憤《いきどお》ったように漫画本を畳んで起き上がった。

「……こないだ、みとせ先輩に、自分もやりたい企画があるって吹聴してたのは？」

「そんなもの本当はない！」

「やっぱりでまかせだったのね……薄々は気付《づ》いてたけど……」

　菜絵は心底呆《あき》れた、というふうにため息を吐いた。

「だが、ネットでの売り上げ対決にしたのは俺も賢かったなと思うよ」

「なんで？」

「比香里はお嬢様だからネットの悪意に打たれ弱いだろうからな。作品をネットにアップした次の日に、罵倒《ばとう》コメントを浴びて、俺に泣きついてリタイアする可能性もあるぞ、ふふふ」

「ひどい……それにまだ叩《たた》かれると決まってないのに」

「一方、俺のように、毎日が匿名掲示板の悪意との戦いな人間なら、多少の炎上でも話題性に変えることができる。つまり、ネットを使った戦いなら俺の十八番ということだ。情報操作、ステマ、世論誘導……任せろ、圧勝だ！　圧勝！」

「でもさ、肝心の企画のネタがないじゃん」

菜絵《なえ》はどことなくイライラしたような語気で言った。まあ、苛立《いらだ》ちももっともだ。企画がないと、菜絵は作業すら始められない。それは確かに大問題だった。

この勝負、レギュレーションを思い出すに、作品の企画立案、制作、販売開始から終了まで含めて二週間が期間なわけで、早く作品をネットで売り出せば売り出すほど有利になることぐらい理解してはいる。してはいるが……勝算もないのに焦ってもしょうがないだろう。

「ネタは確かにできていない。だが、策はある。菜絵、このサイトを見てくれ」

「これは……？」

俺は菜絵に、開いていたホームページを見せる。白ベースの、シンプルなページだった。

「『小説家になめろう』という小説投稿サイトだ」

「なめろう」

「ユーザー各自が小説を投稿するんだが、評価システムがアジにかける薬味になっていて、良いと思ったら薬味を投票で投入するんだ。評価があつまるほど美味《おい》しいなめろうになっていくわけだな」

「その評価システム、どうかしてる……」

確かに俺も完全にどうかしてると思う。何を喰《く》ったら思いつく発想なんだろうか？　……なめろうか。

「それで……このサイトをどう使うの？」

「今売れているライトノベルには、このサイトで人気を得てから書籍化したものが非常に多いんだ。今のご時世、新規ＩＰは、売れる可能性がゼロとは言わないが、限りなく成功率が低くなっている」

俺は、部屋にあった壁掛けホワイトボードを外すと、そこにマジックで『フリーミアム』ときゅきゅっと書いた。

「基本無料で公開して、まず作品のファンにさせるこのビジネスモデルをフリーミアムと言うんだ！」

「はあ。相変わらず胡散臭《うさんくさ》いプロデューサーね」

いつもながらの俺のエセビジネスマンっぽさに菜絵が呆《あき》れていた。確かにわざわざホワイトボードに書くほどのことではないが、書きたかったのだから仕方ない。

「だから、俺たちがすることはまず、この『小説家になめろう』で上位に入り、勝利が確実なＩＰを創り上げるのだ！　それからこのメンツだったら、漫画化でもするのが最適解だろうな」

「え、漫画!?　ユーチューバーのボクは何をすればいいの!?」

クッションに埋もれていた千春《ちはる》が起き上がって不安そうな声を上げる。

「作品ができたら適当に宣伝でもしてくれ」

「や、やっぱり蚊帳《かや》の外感すごい……」

「ま、作戦はなんでもいいけど。とにかく早めに、そのサイトに小説か企画を上げてね。あたしも早めに動けるなら動きたいんだから」

菜絵《なえ》が、またため息を吐《つ》いた。

「がはは、なあに、余裕だ。どうせ、この手のサイトなんてテンプレにテンプレを固めたら一瞬で上に行って書籍化の打診が来るに決まっているさ！」

「なめすぎだと思う……それもう『小説家をなめよう』じゃん……」

菜絵がげんなりしながら上手《うま》いことを言っていた。

「なめすぎかどうかは三日も経てばわかるだろう。次の創作会議は三日後だ。それまでに俺が、ばっちり人気ＩＰを作ってやるさ！」

俺は、心の中ではちまきを固く締めてノートパソコンに向かう。

「なにしろ、俺は比香里《ひかり》に完全勝利しなければならん。素人《しろうと》に負けるわけにはいかないんだからな！」

「がんばれ、澪木《みおぎ》先輩！」

「……まあ、湊介《そうすけ》がやる気なら……いいけど……」

千春と菜絵。心配する二人をよそに、俺の心は、静かに炎のように燃え上がっていた。

＊　＊　＊

【比香里チーム　一日目】

私、若葉《わかば》ちゃん、みとせ先輩。

私たち三人は、放課後、みとせ先輩の家に集まっていました。

みとせ先輩の提案で行われることになった湊介さんとのクリエイトバトル……今日は、私たちチームの創作会議の第一回なのです。

「わー、素敵なおうちですね！」

場所は、比良坂《ひらさか》高校から電車で二駅ほど離れた閑静な住宅街。私が見上げたみとせ先輩の家は、瀟洒《しょうしゃ》な一軒家という感じでした。

「ただいま、ブレンダー」

「ワン！　ワン！」

お庭に入るなり、大きな柴犬がみとせ先輩に飛びついていきます。

「あはは、ブレンダー、くすぐったいって～」

ブレンダーは、みとせ先輩の首筋をぺろぺろと執拗《しつよう》に舐《な》めています。ほえー、と私がそれを眺めていると、みとせ先輩はこちらを向いて言いました。

「ん？　二人、どうしたの？　ちょっとこの子に触ってみたい？」

「……わ、若葉《わかば》は、いい……」

ブレンダーがこちらを向き舌を出しながら激しく呼吸するのを見て、若葉ちゃんは怯《おび》えたように後ずさりました。

「あは、犬こわいんだ、若葉ちゃん？」

「り、りあるはじごく……」

それは若葉ちゃんが多様するフレーズでした。アニメの歌詞だそうです。一方、私は犬に対して特に抵抗はありません。

「あの、私、よろしければ……触ってみたいです！」

「おー？　どうぞどうぞ」

ブレンダーは芝生《しばふ》の上におすわりして撫《な》でられるのをじっと待っています。すごくいい子のようでした。私は、ブレンダーの頭から背中にかけてそっと毛並みをなぞっていきます。

「えへへ……いい子いい子……わっ」

ぺろり、と大きな舌が私の首筋をなぞっていきました。

「うー、この子、エッチですよお」

そう言うとみとせ先輩はけらけらと笑いました。私は動物を飼ったことがないので、何もかも新鮮な感じです。

平和。まるでその二文字がここに集約されているようでした。

みとせ先輩のお家に入ると、みとせ先輩は早速私たちにソファに腰掛けるよう促《うなが》しました。

「まあ、比香里《ひかり》ちゃんも若葉ちゃんもまずはくつろいで。じゃあ、カルピス持ってくるわね」

「あ、何か私にお手伝いできることがあれば……」

私が腰を浮かしかけると――

「いいからいいから、比香里ちゃんはお客さんなんだから、座ってて～」

そして五分後、私たちの目の前に三杯のカルピスが並んで挨拶《あいさつ》していました。

私たちはそれをそのまま一斉に飲み干します。

「あま～い」「あまいです……」「あまい……！」

頬《ほお》をほころばせ、三人で思わず輪唱してしまいます。

それからまた私たちは、顔を見合わせて笑いました。なんだか、幸せの味がしました。

「……って、くつろいでばかりじゃだめですよ！　今日は企画会議なんですから」

そして、慌ててノートを鞄から取り出した私に向かって、若葉ちゃんが神妙な面持ちで問いかけてきました。

「それよりひかり、本当にだいじょうぶか……？」

ない……」


「え？　大丈夫って何がですか？」

「この勝負……。若葉《わかば》もひかりチームのために全力はつくすが……創作にかんして、そーすけはてだれだ。それに、きっとネットでの戦い方をじゅくちしてる……普通にやったらかてない……」

「ですよね」

私がニコニコしながらそう答えるので、お二人は不思議そうに私のことを見ていました。なので、私は宣言しました。

「えっと、まず、私の創作方針を説明させていただきたいんですけど……あまり周りのことを気にしないで、作りたいものを自由に作りたいなあと思っています」

「自由に……？」

若葉ちゃんが不安そうな顔で眉をひそめました。

「はい！　私たちが作りたいものを、作りたいように作ります！」

「それで、勝算はあるの？」

みとせ先輩は不安そうな表情になります。私は答えました。

「こんなこと言うと、お二人に怒られちゃうかもしれないんですけど……もちろん、勝つために頑張ります。だけど、私は頑張った結果勝てなかったらしょうがないと思っています。それに……たぶんそれが、私の武器なので」

「それって？」

みとせ先輩の問いかけに、私は確信を持って答えます。

「『初期衝動』です！　売れ線を考えるより、今私がそれを作りたいという気持ち、それが、私の中で何より大切なんです！」

そう、それが、何も持たない私の、たった一つの武器なのです。きっとそれなら、湊介《そうすけ》さんにも負けないはずだから。

「だから、今回の企画もですね、こないだ私が考えた企画（春風のエトランゼ）ではなくて、みなさんで一から考えてみたいと思っています。そのために、ええと……」

そこで私はごそごそと鞄をまさぐり、画用紙で作ってあった、一辺15センチほどの正方形の箱を取り出して、テーブルの上にストン、と置きました。その正面には、可愛《かわい》らしい顔が描いてあります（私が描きました）。

「まず作品のアイデアを、みんなで考えましょう！」

「この、箱は……？」

「名付けて……初期衝動ボックスです！」

若葉ちゃんが箱を不思議そうに眺めています。……といっても、それだけではただ画用紙で作った、何の変哲もない箱です。そこで私は、一緒に作っておいた、たくさんのルーズリーフの切れ端を、みなさんに見せます。

「この箱に、みなさんが思いついたメモ書き、単語、好きな単語、イメージ……とにかく、なんでもかんでも入れてみてください！　それを、私がまとめて、企画書を作ってみます！」

その案を聞いて、みとせ先輩がほくそ笑んでいました。

「なるほどね……これは、案外面白くなるかも？」

「やってみる！」

若葉《わかば》ちゃんもテーブルに前のめりになって、私の作戦に乗ってくれました。それから私たちは嬉々として、ルーズリーフに単語を書いていきます。

「それじゃあ、若葉、若葉はトミーノ監督のよさを伝えたりしたい！　しゃかいてきなさくひんも作りたい！」

「うーん、わたしは、クリーチャーの一匹でも出そうかしら……『バケモノザメ』、と……」

みとせ先輩も楽しそうに、箱に単語を入れていきます。

うん。大丈夫そう。みなさんも受け入れてくれて、安心しました。

今の私は、ただ他の方とものを作ることが、楽しくて仕方ない時期なのです。それに——湊介《そうすけ》さんの新作が見られるのも楽しみだし、湊介さんと競えることもすごく光栄で。だから、私にできることを、愚直に精一杯やろうと思います。

……本当のことを言うと。私の最初の創作は、やっぱり湊介さんも交えて、一緒に仲良く作りたかったなあ、なんて思ってもしまうのですが。

＊　＊　＊

【湊介チーム　六日目】

今日は俺たちチームの定例会議である。

前回の会議の終わりで、「小説家になめろう」で人気ＩＰウハウハ大作戦（自称）を提唱して「続きは三日後！」と威勢よく断言して終わったものの、第二回の定例会議は、本来の予定よりも二日ほど遅れての開催となった。

ということで今回も俺の家の居間に前回と同じように集まった三人であったが——しょっぱなから空気が重い。俺以外の二人が『それ』に触れたいのだが、どう触れていいかわからない、といった空気がありありと見て取れた。そして、ついに耐え切れなくなった菜絵《なえ》が、そっと静かに切り出した。

「……湊介。進捗《しんちょく》どう？」

「進捗だめだな」

挨拶《あいさつ》代わりの進捗確認が一秒で終わった。

「澪木《みおぎ》先輩ぃぃぃ！」

「湊介……！」

「それより、昨日の『池の水全部抜く』が面白かったんだが、みんな見たか？」

「……こんな時にテレビなんか見てるな！」

第二回会議、しょっぱなから菜絵《なえ》の怒りが、怒髪天《どはつてん》を衝《つ》きそうな勢いだった。ここにちゃぶ台があったら間違いなくひっくり返されてるな。

「まあ落ち着けみんな。まだ慌てるような時間じゃない」

俺は仙道《せんどう》ポーズをとって、菜絵を落ち着かせようと試みる。

「慌てる時間でしょ……結局ほぼ何もせずに二週間のうちの一週間近く過ぎちゃったんだから、せめて脚本じゃなくてもプロットだけでも上げて」

恐ろしい。製氷機が煮沸《しゃふつ》している。煮沸消毒でもできそうだ。

「いやいや、俺も頑張っているんだ。その証拠に昨日もあんまり寝てなくて」

「……どれぐらい？」

「いつもなら六時間は寝るが、今日は五時間ぐらいしか寝られていないんだ」

「誤差じゃん……」

「一昨日《おととい》は五時間半だぞ」

菜絵はぶるぶると腕を震《ふる》わせると――

「誤差じゃん！」

再び同じ言葉を言って怒りを強調した。

「な、菜絵さん、落ち着いてください。先輩を信じましょうよ、今までいくつも奇跡を起こしてきた人なんですから」

千春《ちはる》が必死で菜絵をなだめようとするが……。

「だいたいあんた、『小説家になめろう』はどうしたのよ。あたし毎日新着チェックしてるんだけど、何か一行でも投稿した……？」

「そうだな、投稿したかと言われると」

俺は正直に白状した。

「……何もしていないな」

「ほら！」

クールキャラが台無しになりかねない勢いで怒気を見せる菜絵を、俺は掌《てのひら》で制止する。キャラ崩壊の深刻な危機だからな。

「まあ待て菜絵。この一週間、俺は考えていたんだ。果たして、俺たちは今何をするべきかと。調べたところ、『小説家になめろう』の投稿数は年々増え続けていて、新作がどんどん発掘されづらくなっているらしい。これを、ビジネス用語で『レッドオーシャン』と言うんだ！」

そう言いながら俺はホワイトボードにマジックで『レッドオーシャン』と書いた。これも単語だけ書く意味があるのかわからないが、書きたかったのだから仕方がない。

「だから、この市場にＩＰを新たに投下することが、本当に有効な策なのかと俺の中に突如疑問が浮かんだんだ」

「……それで？　結論は？」

菜絵《なえ》は結論だけ先に聞きたがった。せっかちだな、まったく。

「俺たちがＩＰを新たに創る必要はない」

「……は？」

俺の結論に菜絵が形容し難いほど怪訝《けげん》な顔を見せた。

「同人ＤＬドットコムは二次創作禁止のサイトだ。だからこそ、需要の隙間を求めて限りなく二次創作に近いものを創る。そして、方向性をほぼエロに向ける。同人のグレーゾーンを攻めて売り上げを狙《ねら》う」

菜絵の怒りが、沸点に達したようだった。

「あたしは……あんたの物語に挿絵をつけたいってこっちのチームに立候補したの……。ほぼ二次創作のエロ絵を描くなんて、聞いてない……！」

菜絵が怒りのオーラを全開で出し始める。今ならスーパーサイヤ人２ぐらいになれそうだ。

「ま、待て、菜絵！　よ、よく聞いてくれ、俺の理論を」

そこで俺は、今にも怒りで進化しそうな菜絵を制して語り始める。

「俺が思う、男オタと女オタの違いだ。男オタは即物的、女オタは精神的。男オタは肌色を増やせば瞬間的に売り上げが増えるが、女オタに対しては精神的願望を満たすことによって、ロングテールで売り上げを狙う方が正しい。だから逆に言えば、今回のように短期間の決戦では、男オタを狙ってエロで釣るのが最適解なんだ……。だから頼む菜絵、エロいイラストを描いてくれ……」

俺が懇願《こんがん》すると、菜絵はイライラしながらも受け入れてくれたようだった。

「……じゃあもう、何でもいいからとにかくプロットを早く上げて。今回はその二次創作でいいから、とにかくプロットを上げて。四の五の言わずに上げて。それから考えるから」

「恩に着る……っていうか、やたら不機嫌だな、菜絵」

菜絵は俺からそっぽを向いて言った。

「……だってそれ、とにかくエロければいいってことじゃない。つまり、あたしの絵じゃなくてもいいってことじゃない」

「いや、俺は菜絵の画力を非常に買っていて……」

まずいな。これ、なし崩しに執筆拒否まである流れだ。そこで俺は、昔からこういう時の菜絵への対応の仕方を思い出した。真摯《しんし》な態度で頼めばいいんだ。ということで、俺は菜絵の真っ正面に立ち、その顔を見つめる。

「……な、なによ」

「……菜絵の絵が、必要なんだ。描いてくれないか」

「…………」

菜絵《なえ》は俯《うつむ》いたまま、ちらちらと視線だけ俺に向けてくる。だが、そう言って数秒間見つめていると、菜絵は照れたように大きく息を吐きだした。

「……しょーがないな、もう……わかったわよ。描くわよ」

そこでようやく、菜絵の怒気も少しだけ和らいだようだった。

これで絵師確保。ひとまずは丸く収まったようだった。よかった……。

「……なんかまた今、ボク蚊帳《かや》の外になってた?」

やはりいつものクッションに身体《からだ》を埋《うず》めていた千春《ちはる》が、不満そうに言った。だって、ユーチユーバーは役に立たないからな……。一方、菜絵も俺に対して改めて釘を刺す。

「でも湊介《そうすけ》、二次創作ものを作るとしたって、脚本……でなくてもせめてプロットは必要なんだから。それがないとこっちは作業がなにもできないんだから。なんだったら、あたしが一緒に考えてもいいけど……」

「いや、遠慮しておこう。菜絵が絡むと変な方向に行くしな」

「そ、そう……」

俺がそう言うと、なんだか、今度は菜絵も落ち込んだようだった。

「……まあ、任せろって。ここ三日以内ぐらいには用意するからさ」

「なら……待つけどさ。一応、比香里《ひかり》との勝負なんだから……ちゃんとプロット、よろしくね」

「はははは」

俺は、色よい返事をせずに、ただそうやって笑った。

笑いながらも、俺の感情はただ一つの欲求に支配されていた。

〆切《しめきり》から逃げたい。逃走欲。〆切というものは恐怖の類義語なのではないか？

だが……ま、最後にはなんとかなるだろう。

なんていったって、俺は奇跡を起こしてきた男なのだ。

俺はそうやって、自分に言い聞かせるのが精一杯なのだった。

＊　＊　＊

【比香里チーム　七日目】

みとせ先輩が、テーブルの真ん中に、ざるいっぱいのチョコ、クッキーなどのお菓子をざばあ、と広げました。

「はい、お菓子が来ましたよ～！」

「わー、ありがとうございます！」

私と若葉《わかば》ちゃんは、嬉々としてチョコ類に飛びつきます。まるで戦後すぐの日本で、米兵からチョコをもらう子供のようです。

「チョコいっぱい……これはたまらん……ジュースも……パーティじゃ……」

若葉《わかば》ちゃんなど、今にもじゅるりとよだれを垂らしそうです。ですが、みとせ先輩は、テーブルまで運んできたジュースの紙パックを見つめて、はっと我に返ります。

「あ、これオレジューだった。ごめ～ん、チョコレートと合わないかも……」

みとせ先輩に気を使わせないために、私はすぐにひょいとチョコレートを口に放り込み、オレンジジュースで流し込みました。

「いえ、意外といけるかもです！」

「……うっそだ～、絶対まずいでしょそれ、比香里《ひかり》ちゃ――――ん！」

えへへ。本当にあんまり美味《おい》しくはありませんでしたけど……。

大事なのは、和気藹々《わきあいあい》です。

この定例会議も、二回目にして、ほとんど馴染《なじ》みの女子会みたいな雰囲気《ふんいき》になっていました。

というより、もはやほぼ女子会がメインのようです。

「も～、だからさぁ、なんでわたしが彼氏できないのかな？　世の中間違ってるわよね。スタイルも、顔もそこまで悪くないと思ってるのにさ～」

喋《しゃべ》り始めてから十分後、みとせ先輩は早くも制服の蝶ネクタイを外し、胸元を大きくはだけ、酔っぱらったように呂律《ろれつ》の回らない感じでくつろいでいました。オレンジジュースしか飲んでないはずなんですけど……。

「ぶちょーはひとこともしゃべらなければいいのにってそーすけとちはるが言ってたの……若葉も、しょうじきどういする」

「って、なんじゃそりゃーい！　わたしは置物じゃなーい！」

そう叫んでみとせ先輩は座ったまま後ろに倒れ込みました。スカートが開くのもお構いなしです。

「あはははは」

私がその反応が面白くて笑っていると。

「だいたい、比香里ちゃんもさあ、結構いいおっぱいしてるじゃない？」

「ふわっ……！」

起き上がったみとせ先輩が、急に私の身体《からだ》に後ろから抱きついてきました。ボディソープのいい香りが、私の鼻孔《びこう》を刺激します。

「ひゃ、ひゃうっ……！」

「そーれそれそれ」

私はされるがまま、みとせ先輩に身体中を擽《くすぐ》られます。やがて力が抜けて、そのまま、前のめりに倒れてしまいます。それを見て、若葉ちゃんがせんべいをぼりぼりかじりながら、コメントを出しました。

「おお……いかにもなしんやアニメてきてんかい……」

その声を耳ざとくみとせ先輩が聞きつけます。

「ん？　若葉《わかば》ちゃん、自分に矛先《ほこさき》が向かないとでも思ってるの？」

「ふえ？」

「そりゃーっ！　若葉ちゃん可愛《かわい》い、世界一可愛いっ！」

「わっ！」

みとせ先輩が、今度は若葉ちゃんに抱きつきました。若葉ちゃんの手に持っていたおせんべいが、花弁のようにはらはらと床に落ちました。

「ふぎゃー！　ふ、ふにふにするなっ！　わ、若葉にむねはないぞっ！」

「うーん、その分全身で若葉ちゃんを感じられますなぁ……はすはす」

これが、『残念』という感情なのでしょうか……。若葉ちゃんに続いて私も、みとせ先輩はしゃべりさえしなければいいのにと言った湊介《そうすけ》さんたちの言葉の意味がだいぶわかったような気がしました。本人には言えませんけど……。

「ねえ、若葉ちゃん〜、恋バナしようよ、恋バナ。恋愛のない高校生活なんて青春じゃないんだからさあ。若葉ちゃんって、今好きな人いるの……？　どうなの？」

「ひゃっ!?　そ、それは……ひ、ひきょうだぞ、こんなシチュエーションで……んんっ……!!」

若葉ちゃんは抱きしめられたまま、好きな人、と言われてびくん、と身体《からだ》を震《ふる》わせました。

「おー？　その反応だと、頭に浮かんだ誰かがいるようね？　誰よ？　名前言っちゃいなさい

よ、うりうり」

みとせ先輩の指が、容赦なく蜘蛛《くも》のように動いて若葉《わかば》ちゃんの脇腹《わきばら》を蹂躙《じゅうりん》します。

「にゃっ……くすぐった……あは、あはは……」

「そーれそれ……」

「わっ、若葉のすきな……ひとは……」

「おー？　誰かな？　湊介《そうすけ》くん？　それとも、まさかの千春《ちはる》ちゃん……⁉」

みとせ先輩の執拗《しつよう》な攻撃に、若葉ちゃんがついに本心を自白しました。

「と、トミーノ監督……！」

「ガンダムの監督じゃない！」

みとせ先輩はがっくりきて若葉ちゃんから手を離しました。

ちなみにトミーノさんのお姿は部室にあった資料で拝見しましたが、お坊さんのような方でした。それでいて、爆弾を持ってアニメ会社を爆破しに行こうと思ったなど、過激なことを言ってらっしゃいました。

「若葉ちゃんはワイルドな方が好きなんですね！」

「ひかり、わかってくれるのか！」

若葉ちゃんがガシ、と私の両手を握りました。

「なんだか、つまんないオチね～。比香里《ひかり》ちゃんは、好きな人とかいないの？　あ、もしくは転校前から付き合ってる彼氏がいるとか？」

「ふわっ⁉　な、ななななななな」

突然の刃《やいば》に、私はひどく動揺して、うまく声が出てきません。

「しょ、しょ、しょんな人はいまへんっ！」

軽く噛《か》んでしまいました。

「……その必死さを見ると、ほんとにいなそうね」

「じょ、女子校でしたので……ずっと」

それ以上、みとせ先輩の追及もなさそうで、私は少しだけほっとしました。

……それにしても。

恋。

みとせ先輩がこだわってらっしゃる、その一文字の意味について、私は考えてみます。

昔から、小説では情熱的な恋愛小説もそれなりに読んできました。それを読む限り、恋愛のない高校生活なんて青春ではないというみとせ先輩の言葉には、そういうこともあるのかしら、となんとなく思います。

だけど、そのぼんやりした概念は、私が理解するにはまだ遠すぎて。強いていうなら、あの創造部の映画を観た時のような、いてもたってもいられないような感情の高まりを言うのかもしれません。

創作というものに対するこんなときめきを、男の人に感じることなんてあるんでしょうか?

もしそうなったら、私は普通に生きていられるんでしょうか?

……湊介《そうすけ》さんは、恋愛と創作を、どう捉えているんでしょうか。むしろ湊介さんは、もうそういう感情を理解しているんでしょうか?　ふと、そんなことが気になりました。

「さて、じゃあ定例会議に戻りましょうかね」

みとせ先輩が姿勢を正し、ちょっと真面目な顔に戻って、私を我に返らせました。

「……はっ!　そ、そうでした、そのための集まりでした……。それでですね、定例会議になりますが、みなさん、先日は初期衝動ボックスへのアイデア出し、ありがとうございました!　そして、そのキーワードを集めて完成した企画書と脚本がこちらになります!」

私は、完成した紙の束をお二人に差し出しました。

「お～、できたわね!　立派立派!」

みとせ先輩は拍手して喜んでくれましたが……。

「しかたないが、一から企画をみんなで考えたせいで、ずいぶん時間がかかってしまった……だいじょうぶだろうか……」

若葉《わかば》ちゃんが不安になっています。

「まあ、仕方ないですよ、それは。それでもいいって、私が言ったんですから!　それじゃあ、ちょっと企画書と脚本を読んでいただいてもいいですか?」

その声に促《うなが》され、みなさんが私の書いた企画書と脚本の紙束を、ぺらぺらとめくりはじめました。

第一回　クリエイトバトル用企画書　星月比香里《ほしづきひかり》チーム案

【タイトル】
『ふしぎ島のパペッタ』

【媒体】
デジタル紙芝居

【スタッフ】
脚本　星月比香里
3DCG　桃栗《ももくり》みとせ
朗読　日向夏若葉《ひゅうがなつ》

【企画概要】

昔々、物が動き出すというふしぎな無人島に、人間に捨てられた一体の人形がありました。人形の名前はパペッタ。友達は、化け物鮫のシャーキーと、産業用ロボットのヴィータ。いつもパペッタは「家」をほしがっていました。そこでパペッタは、ヴィータと一緒に「家」を探しにいかだで島の向こうに旅に出ます。

これは、私たちが日常でなくしてしまったものを思い出させてくれるような、ほのぼのとした、デジタル紙芝居です。お子さんのいる家庭では、親子で楽しめる作品になる予定です。

それを見ながら、幸いなことにみなさんが感心してくれます。

「うん……ロボットは若葉《わかば》がリクエストした……みとせ先輩リクエストのバケモノサメも入ってる……お話もまとまってるし、しゃかいせいも高そう……みんなが作りたいようそがちゃんとはいってるいい脚本……これなら、少しぐらいおくれてもなっとくだ……！」

「朗読音声や3DCG入りの、デジタル紙芝居ねえ。なんだか、すごい話になったわね。正直、売れるかはわからないけど……面白そうじゃない！」

「はい！　そのあたりは正直、こないだお話しした通りで。私は今は、みなさんとものを作れることが楽しくて……。みなさんが納得できてものが作れるなら、それでいいんです！」

「3DCGイラストの枚数も、頑張ってできるだけ増やすからね」

そう言いながら、みとせ先輩はウィンクをしました。

「きょ、恐縮です！　もちろん、私も一生懸命頑張ります！」

「若葉も、若葉もー！　ともにかたらう！」

すっかり仲良し三人組みたいです。

「それじゃあ、まずキャラデザから考えていきましょうか」

みとせ先輩は、ノートパソコンを持ち出してきました。紙に描くより、３Ｄモデルをこねくり回してデザインを考えるのが好きなのだそうです。

「はい、よろしくお願いします！」

「なんだか……ほんかくてきに動いてきて、若葉はわくわくしてきた！」

その気持ちは、私も同じでした。

創作って……本当に楽しいものですね！

＊　＊　＊

【湊介《そうすけ》チーム　七日目】

創作って、本当に苦しいものだと思う。

誰もいない深夜の部屋の中で、パソコンに向かいながら、俺は一人頭を抱《かか》えていた。

「もうだめだ……どうすればいいんだ……」

なにせ、まだ脚本はおろか、プロットすら完成していないのだ。だが、焦れば焦るほど、時間は迫ってくる。俺がこうして足踏みしている間に、比香里《ひかり》チームはどこまで進んでいるのだろうか。

俺は、うだうだと悩んだ後、思い立って一行だけ文章を打ち込んでみる。

『比香里に勝てるすごい創作企画（仮）企画書』

よし、こんなにすごいタイトルを付けたからには、すごい創作企画ができるに違いない。

……と思って三十分ほど考えるが、どれだけ考えてもその二行目が出てこない。というかむしろ、この『すごい』って単語によって、ハードルが上がっているような……。

「うー……うー……」

俺はしばらく獣のように唸ってから、その一行目をそっとバックスペースキーの連打で削除した。

「ダメだダメだダメだ！　もっと具体的に書かなきゃ……」

そこで俺は、タイトルから攻めるのをやめて、プロットの本文から書いていくことにする。

「……あるところに、一人の少年がいて……少年はある日、一人の少女と出会う……」

おお、これはよさそうな予感がする。なにせ、鉄板のボーイ・ミーツ・ガールだ。普遍的な物語になるに違いない！

「そして、すごい出来事が起こって、すごいラブコメ展開があって、すごい感動的なエンディングを迎える、と……」

　できた！　と俺は思いながら、改めてプロットを読み返してみる。

「……このプロット……結局何も言ってねえ！」

　俺は自分への怒りと共に、再びバックスペースキーを連打しながら文章を削除した。

「……書けない……」

　俺は、再びパソコンの前で頭を抱《かか》え、絶望的な気分になる。

　このまま自分に向き合うと、必然的に触れたくない事実を突き付けられることになるだろう、というか既に突き付けられている。

　それは、俺に才能がないのかもしれないということ。

　それを乗り越える根気もなければ、努力もできないということ。

「……つらい……」

　わかっているんだ。自分がどうしようもない人間だということは。

　だってそれは、比香里に「大作を書いている」とまで大言壮語《たいげんそうご》したものの、まだ一行たりとも書けていない、ライトノベルの新作を見ても明らかで。

　昔はよかったのだ。今の比香里のように、怖いものなしで創作ができた。だけど今は、頑張って何か書こうと思うその度に、想像以上の現実と理想の差に押し潰《つぶ》されてしまうのだ。

　それなら、くだらないプライドなど投げ捨てて、大人しく比香里に負けを認めるか？

俺は、そう自分に問いかける。だが、出てくる答えはやはり一緒だった。

「それだけは……ダメだ」

そんなに潔《いさぎよ》く認められるなら、そもそも、こんなに悩んでいないだろう。

畢竟《ひっきょう》、俺にはこれしかないのだから。しがみつくしか、ないのだから。

「……また例の……スペシャルなやつを使うか？」

いったん口に出してしまうと、その黒い欲求はより強く自分の中で鎌首をもたげていく。

どうせ初めてではない、という悪い言い訳が自分の考えの中に充満していく。一度禁忌《きんき》に手を染めた者は、二度三度と繰り返し、徐々に抵抗感すらなくなり、泥沼にハマっていくというのが世の常だろう。

だが……比香里《ひかり》にこのまま敗北しても――どちらにせよ終わっているのではないか？

だったら――奥の手を、使うしかあるまい。

俺は、悲壮な決意を込めてパソコンに向かった。

＊　＊　＊

子供の頃から、自分が普通でないことはわかっていた。

幼稚園の頃、憂鬱《ゆううつ》なのはお絵描きの時間だった。

周りの子供たちは、ことごとくあたしの描くイラストを、気持ち悪いとからかってきたのだ。なんでもない絵に、隙あらば内臓や眼球を加えていたからだ。

なぜかと問われても、特に理由は思いつかない。病んでいるつもりもない。純粋に、「その方がキレイだと思った」から。

あたしのような人間は、そう生まれてしまったから、サブカル側《がわ》の人間なのだ。

だけど……あたしの周りの人間は誰もそれを理解してくれなかった。先生でさえ、その絵を直すように要求してきた。ただ、たった一人を除いては。

その日、いつものようにあたしが幼稚園でいじめられて泣いていると、そんなあたしのところにそっと湊介《そうすけ》がやってきて、何も言わずにお絵描き帳を取っていった。また、馬鹿にされるのだと思っていたところに——湊介は一言、こう言ったのだ。「……カッコいいじゃん」と。

そして、あたしのその絵に合うような物語を考えてくれた。

あの日からあたし——楠瀬菜絵《くすのせなえ》は、彼のために絵を描こうと、彼が紡《つむ》ぐ物語にイラストをつけていこうと、そう思ったのだ。——なのに。

「……はぁ」

あたしはため息を吐《つ》きながら、ちゃぽん、と肩まで湯に浸かる。湯気が、呼吸器官に入ってくるのがわかる。すると身体《からだ》の芯から温められて気持ちよくなる。入浴行為自体は、昔から好きだった。それに、自分の汚いところが、洗い流されて綺麗《きれい》になる気がするから。

「んー……」

だが、入浴という行為は、否応なく自分の肉体と向き合わざるを得ない時間でもある。自分の細い腕を湯にくぐらせながら、あたしは少し憂鬱《ゆううつ》な気分になっていた。

正直なところ、もう少し全身に脂肪がついていてもいいのかなと思っている。さすがに、こまで細いだけの身体《からだ》にはあまり需要がないだろうから。

「――湊介《そうすけ》は、どうなのかな」

湯の中で身体を丸くしながら、彼のことを考える。もう少しそばに。あと少し多く。いつだって、彼のことを思うと、足りないものを求めてしまう。

そして、そのもどかしさは、もうしばらく満たされることなく続いていた。

「……今日は何を持ってこう」

あたしは、目を閉じて自分の本棚のラインナップに思いを馳せる。

湊介が作品を作る助けになればと思って漫画を貸す行為は、もう随分長く続いていた。

本当は毎日でも行きたいが、あまりに頻繁《ひんぱん》に訪れるというのも迷惑だと思われるだろうから、せめて三日に一度くらいにしようと自重してはいるのだ。

部活内ではクールキャラだと思われている。製氷機女だなんて、湊介や千春《ちはる》に言われているのも知っている。

だけど、本当は違う。……そう、自分では思っている。

自分は世間一般の普通ではないと自覚してから、いつの間にか本心を隠そう、隠そうと思うようになった。

好きなものを好きだと言うのは、勇気がいることだから。

その反動は露骨に出た。感情を表に出さなくなったあたしは、いつからか、湊介にさえクールキャラ扱いされるようになっていた。

だけど……あたしが自分の心にどれだけの熱量を抱《かか》えているか。それは、あたしだけが知っていることだ。


風呂上がり、ほかほかの身体をバスタオルで拭《ふ》きながら、あたしがスマホでネットをチェックしていると――

「……あ」

発見してしまった。懸念していたもの。

できれば、見たくなかったもの。たぶん、そうなるかもしれないと予感していたものを。

「……見つけたくなかったなー……」

彼のアカウントは、twitterもInstagramもどこでも同じだ。彼の、昔からのペンネーム。

だから、「このサイト」についてもとっくに把握済みだったのだ。

「……どうしたもんかな」

少しだけ悩む。

本当のことを言うなら、今すぐにでも頰《ほお》を引っぱたきに行きたい。

でも。

今ここでそうすることが、果たしていいことなのだろうか？

彼はそれで、本当に書くようになるのだろうか？

彼のつらさも理解できると言えば理解できるのだ。あたしだって——今まで好きなものばかり描いてきたつもりだが、スランプになることだってあるし、人には見せられない黒歴史の作品だってそれなりにはある。

だから、彼が置かれている現状。

そして、彼のこれからの未来のこと。

……星月比香里《ほしづきひかり》という、新しい因子。

すべてがどう回れば、あたしの願いに近付けるのか……。

それらすべてを考慮して、うんと悩んだ末……

あたしは、信頼できる先輩にだけ、そっとこのことを相談することに決めた。


「……送信、と」

慎重に吟味した文面を、少しのためらいの後、送信した。震《ふる》える手に「メールを送信しました」という無機質な文字列が重なる。

「……湊介《そうすけ》……」

あたしは、スマホを胸にぎゅっと当てて、強く握り締めた。

あたしは昔から、その感情に名前をつけて、心の中にしまっていた。

とても大切なもののように、慈《いつく》しんで、眺めて、だけど、誰にも披露できずにしまい込んだ過去があった。

張り裂けそうな胸の奥に、ただ繰り返し、何度も呼ぶ名前がある。

大切な、誰にも譲りたくない思いがある。

だから、あたしは――

その感情になんという名前を付けるのが相応《ふさわ》しいのか、本当はずっと知っていて、知らないふりをしているのだ。

＊　＊　＊

【十一日目　対決の日まであと三日】

俺は今日も一日、悩みすぎて寝不足だった。

ようやく万事が順調に回り始めたはいいが、不戦敗を避けるために奥の手を使った心のしこりが消えずに、夜も眠れなかったのだ。

基本的な作業（プロット）は菜絵《なえ》に渡すことができたので、本来なら堂々としてていいはずなのだが……結局、俺は小心者だってことなんだろう。

そんな放課後、俺が創造部に寄ることもなくまっすぐ自宅に帰ろうとして下駄箱で靴《くつ》を取っていると――

「湊介《そうすけ》さ――――ん！」

「ん？」

遠くから聞き覚えのある声が聞こえてきた。

偶然俺を見かけたのだろうか、嬉しそうにぱたぱたと比香里《ひかり》が走り寄ってきた。

「はあ、はあ……」

早足で駆けてきたものだから息を切らしている。

「お前、そんなに息せき切って遠くから……。何か、用か？」

「あ……あの！　帰り道、ご一緒させていただいてよろしいですか？」

比香里は顔を上げると、人懐っこい笑顔でそう言った。

「比香里、お前な……今、俺たちは敵同士っていう自覚がないのか？」

「え、私は湊介さんのこと敵って思ってないですよ？　同じ創造部員だと思ってます！」

「……対決中だろ」

「私は正々堂々としたスポーツみたいなものだと思ってますから！　それに……こんな展開になっちゃってますけど、本当は私も、湊介さんと一緒にものを作りたかったんです。なんせ、湊介さんの作るものに憧れて創造部に入ったんですから！」

俺は少しだけ、どきんとした。面と向かって創作物の話をされるのはいつになっても慣れない。なぜなら、クリエイターが作る創作物は、下手《へた》をすれば本人よりも本人そのものになることさえあるからだ。だから、クリエイターに創作物が好きだと言うことは、状況によっては愛の告白にも成り得る……なんてのは考えすぎか。

「それはありがたいが……けじめはつけないといけないだろ。少なくとも、この対決が終わるまでは」

「うう……わかりました……でも私、湊介さんが作る新作、本当に楽しみにしてるんですよ！　なにしろ私、湊介さんのファンですから！」

「そ、そうか……」

そう言う比香里の表情には、何の衒《てら》いもなかった。心根から、俺の作品を楽しみにしているのだ。そこまで言われるとまた俺の胃がきりきりと痛む。プレッシャーで押し潰《つぶ》されそうになる。だから、俺はつい、聞いてみたくなる。

「お前……創作に関して悩むことはまだないのか？　この作品が否定されたらどうしよう、とか、自分が今作っているこの作品は本当に面白いんだろうか？　とか」

「そうですね、私なんてまだ何も始まってないので。今はがむしゃらにやるだけです！」

比香里《ひかり》は両腕で気合いを入れた。がんばるぞいかよ。

「……初心者の無敵モードってやつだな」

「無敵モード？」

「創作は——まあ、どんな芸事もそうなんだが……初心者は無敵なんだ。ただ自分の作りたいものを作ってるだけでよくて、レベルアップも早いから、いくらでも達成感を味わえる。それから中級者になると『畏《おそ》れ』が生まれてくる。行き詰まって、自分のやってることが正解なのかどうかわからなくなる。そこからさらに上級者まで行くと今まで培《つちか》ってきた経験でなんとかなるんだが……創作はな、中級者が一番しんどいんだ」

「……なるほど……勉強になります。私なんて、まだまだなんですね」

「お前もいずれ、わかるさ」

……そう言いながら、俺自身が完全に中級者の壁から抜け出せていないことを自覚させられるのもまたしんどいのだが。

「はい！　がんばります！　あの……それじゃあ、創作のことじゃなくて……漫画のこととか映画のこと、もっともっと、教えてくれませんか？」

「……それぐらいならいいだろう」

「えへへ。ありがとうございます」

そう言って、比香里はすっと俺の隣に並ぶ。

そうして俺たちは、二人で坂道をずっと下っていく。先日より、もっと緑濃くなった並木道を、ゆっくりと下っていく。

「えへへ、最近は、色々部室の本棚から借りていってアニメを見てるんですよ〜。今はなんでしたっけ、戦車の……ガルパン？」

「ああ、そこに行ったのか。水島《みずしま》努《つとむ》監督ならSHIROBAKOもいいぞ。アニメ業界のあるあるネタが多いから、俺たちクリエイターにとっても学ぶことが多い」

「あっ、待ってください、メモります！　あれ……めも、めも……」

比香里は、自分の体中をまさぐる。

「あれ、あれー!?　め、メモがどこかに行ってしまいました！」

「……ははは」

なんだかその様子が滑稽で、俺は思わず声に出して笑ってしまう。

そこで気付く。

さっきまであんなに悩んでいたのに、この比香里は俺の心の隙間に入るみたいに、すっぽりと入り込んでしまった。なんというか……こそばゆいやつだ。

比香里はまだ若い。年齢がではない。クリエイターとしてだ。

酸いも甘いも、畏れも、何もかもまだ知らないから、そんなに嬉々としていられるんだ。

なんだか、それが俺には眩《まぶ》しくも羨《うらや》ましかった。

こいつに比べると、俺は――

＊　＊　＊

【対決の日】

そして、あっという間に日は流れ、その日がやってきた。

俺と比香里《ひかり》のクリエイトバトル、決着の日。

俺たち全員は、部室に集まっていた。

「それでは、湊介《そうすけ》チーム対比香里チーム、究極クリエイティブバトルの披露会をここに始めまーす」

みとせ先輩がノリノリで開会宣言をする。っていうか、クリエイトバトルがいつの間にか究極クリエイティブバトルにまで昇格していた。何だよそのダサいタイトルは。クリエイトバトルでいいだろもう。俺チームと比香里チームは、テーブルを挟んで仁王立ちしている。テーブルの上には部室の備品であるプロジェクターと、それを投影するスクリーンが窓の前に設置されている。

「……ついに、この日がやってきたな」

俺は、テーブル越しに比香里と言葉を交わす。

「はい！　とっても楽しみにしてました！」

何の屈託《くったく》もなく、比香里は微笑《ほほえ》んだ。

「ということで、まず、お互いのチームがどんな作品を作ったかの品評会をしてから、売り上げ発表っていう順番で行くわね。勝負はあくまで売り上げで決まるから、作品に対しての感想意見や講評はどんどん忌憚《きたん》なくやっていきましょう」

「任せておけ。批評は得意だ。常時上から目線と言えば俺の代名詞だからな」

俺は腕を組んだまま言ってのける。

「……自分で言うことか」

菜絵《なえ》の温度の低いツッコミが入った。

「えへ、どきどきします。お手柔らかにお願いしますね！」

比香里は、そう言いながら深呼吸するように胸に手を当てている。

「それじゃ、どっちチームから発表するかしら？」

「比香里からでいいのではないか？　チャンピオンとチャレンジャーが並んでいたら、普通チャレンジャーが先行だろう。俺はポジションをディフェンディングする立場なんだ」

まあ、本当はビビってるのでできるだけ後回しにしたいだけなんだが。

「……って湊介くんが言ってるけど、比香里ちゃんどうする？」

そして、比香里《ひかり》もしぶるかと思いきや……。

「私はいいですよ！　一刻でも早く、私たちの創作をお見せしたいですし！」

即答されてしまった。さすが無敵モードだな。

ということで、クリエイトバトル、先行は比香里チームの創作から発表されることになった。俺は、比香里がどんな作品をネットで販売したのか、知らないし調べてもいなかった。一体、どんな作品を作ったんだ？

ぱちぱちぱち、という拍手の後に、比香里はスクリーンの前に移動してから言った。

「私たちの作った創作は、デジタル紙芝居、『ふしぎ島のパペッタ』です！」

デジタル紙芝居か。まあ、あの座組で作る創作物としては妥当なところだろう。

ということで、比香里チームの創作をチェックするために、俺たちはスクリーンを凝視する。

部室の電気が消され、すぐにスライドショーが始まった——

デジタル紙芝居
『ふしぎ島のパペッタ』

1
昔々、あるところに、無人島がありました。

ここは人間に忘れられた物が流れ着き、やがて心を持つようになるという、ふしぎな島。

そこに、一体の人形が住んでいました。

彼の名前はパペッタ。木製のあやつり人形です。

十年前に目覚めてからずっと、パペッタには決まった家がありませんでした。

この島にはもう、家が余っていなかったのです。

雨の日に冷たい雨に打たれても、風の日に木の繊維《せんい》がきゅっと縮んでも、パペッタは自分の家をつくらずに、ずっとがまんしていました。


パペッタの遊び相手は、時々やってくるバケモノサメのシャーキー。それから、廃棄された大きな産業用ロボットのヴィータです。

ちなみにシャーキーは、背中からうんちをするのが趣味でした。

ある日、ヴィータと一緒にシャーキーのところに遊びに行ったパペッタが、ぼく、家がないんだ、と相談すると、物知りなシャーキーはこう答えました。

「それなら、海の向こうにある『街』に行くといい。あそこにはマンションがあるからね。少子高齢化の影響で、家が余っているんだ。なあに、君たちが住む家くらいどうにでもなるさ」

そこでパペッタは、ヴィータと一緒に、漂着物を集めていかだを作り、街に向かうことにしました。

2

長い海を越えてたどり着いた街は、大きな建物と人間でいっぱいでした。

「うわあ、ここが街か」

「すごいねえ」

「あれ、あの看板はなんだろう」

「誰かが自分のすごさを宣伝する看板みたいだけど、すごくセンスがないよね」

するとその瞬間、プワー、プワーとサイレンがなり始めました。

「おうさまの悪口を言ったのは誰だ！」

「わっ！」

「逃げようよ、ヴィータ！」

二人は追いかけてくる警官から逃げます。

二人はやっとの思いで、薄暗い建物に逃げ込みますが、警察はずっと二人のことを捜しています。

こうして二人は、お尋ね者になってしまいました。

「なんてこった、ここはどくさいこっかだったんだ！」

3

「ところで、ここはどこだろう」

二人がそう言うと、暗がりから係員の人がでてきました。

「ようこそ、ここは図書館です。いでおん、ざぶんぐる、ぶれんぱわーど、トミーノあにめがなんでもそろっていますよ」

「あっ、ぜんぶいいアニメだときくけど、いまはいいです」

そして、二人はこの街のことについて話を聞きました。

どうやら、この国は独裁国家らしいのですが、「てがら」さえたてることができれば、家がもらえるらしいのです。

それを聞いて、ヴィータがいいました。

「そうだ、パペッタ。ぼくを、警察に売り渡してよ」

「ヴィータ、急になにを言うんだよ。きみ、ろうやに入れられちゃうよ。しけいになっちゃうかもしれないよ」

「ううん。きみはずっとここで暮らすんだから、家がいるだろ。でもぼくのからだは、オイルが切れたら動かなくなっちゃうからさ。それでいいんだ」

「でも……」

「いいんだよ。あっ、おあつらえむきにけいさつかんがきた。それじゃあ、いくよ。おーい、おまわりさーん！　ぼく、この人につかまりましたあ！」

パペッタは、なりゆきで密告者になり、ヴィータを警察に引き渡しました。

4

「よくやった。ほうびにいえをやろう」

そんな王様の言葉にしたがって、マンションの部屋を手に入れたパペッタは、なにもない、ひとりぼっちの部屋の中で、体育座りをしながら考えました。

ずっと欲しかった家は手に入れた。だけど、胸が苦しいのはどうしてだろう。


その晩、ヴィータが牢屋でうとうとしていると、いきなりぼかーん、という爆発音がして、壁に穴が開きました。すわ、なにごとかとヴィータが身構えていると——

「やあ、ヴィータ。たすけにきたよ」

壁の穴から、ひょっこりとパペッタが顔を出しました。

「どうしてきたんだい、パペッタ。こんなことしたらきみのいえ、ぼっしゅうされちゃうけどいいの？」

パペッタは答えました。

「ぼくのいばしょは、きみのとなりだからね」

そして街を抜け出した二人は、隠しておいたいかだで、島に帰りました。

「おや、パペッタ。家はみつからなかったのかい?」

シャーキーが背中から尿漏れしながらたずねてきました。

「ぼくのいえは、ずっとまえからここにあったのさ」

その日から、パペッタはヴィータの身体《からだ》の下で暮らすようになりました。

やがて、ヴィータが動かなくなっても、パペッタはその下で暮らしました。

二人はずっとずっと幸せに暮らしました。


——デジタル紙芝居の上映が終わった。

ぱちぱちと、部員たちの拍手が部室に鳴り響く。

「うっ、うう……パペッタ……パペッタぁ……」

見終えるなり横で若葉《わかば》が号泣していた。というか、よくそんなに泣けるよな、自分たちで作った作品のはずなのに……。

みとせ先輩の3DCGは、静止画といえど、ロボットの質感や爆発のクオリティなど、さすがにプロ顔負けのものだった。

音声ファイルとして朗読をしていた若葉の声も、なるほどネット声優を自称するだけあって耳にすんなり馴染《なじ》むものだった。

やや展開が性急な気もしたが、小説ではなく紙芝居というのなら、これくらいでいいような気もする。

そして俺たちは思い思いに、『ふしぎ島のパペッタ』の品評会を始める。

「まあまあ、いいんじゃない？　あたし好き。独裁国家批判がよかった」

菜絵《なえ》の意見は賛に寄ったものだ。ていうか、ツボがそこか……。

「いいんだけど、もうちょっと下半身に来るようなのがボクの好みかな〜」

千春《ちはる》はどう考えても場違いで余計なことを言っていた。この意見は、どうでもいいだろう。

俺も、意見を表明する。

「……まあ、小品としてはそこそこだな。若干子供向けに寄せすぎているような気もするが、エモさを保ちつつ、みとせ先輩のＣＧのクオリティも流石《さすが》だった。要素や台詞《せりふ》から見るに、比《ひ》香里《かり》チームの全員で企画を考えたんだな？」

「えへへ、ありがとうございます。湊介《そうすけ》さんすごいです、どうしてわかったんですか？」

そりゃわかるだろ、無駄にトミーノアニメの話とか、背中からクソをするサメとか出てきたら……。あれだけみんなの好きなものが入ってるんだから……。

「……だが、オタ受けする企画ではないな。宣伝なしでこれがぽんと売られていたとして、どれだけの売り上げがあることやら。今の紙芝居、値段はいくらに設定したんだ？」

「100円です！　子供が、お小遣いで買えるようにと思いまして……」

比香里《ひかり》は、やや謙遜《けんそん》するように言った。100円でも高いと比香里は思っているのかもしれない。

しかし、クオリティを考えれば、相場より安いぐらいだ。ただ、後ろ盾なしのオリジナル作品、宣伝などもしていない、しかも販売期間が数日程度、となると……。

「販売数はおそらく……10部～15部といったところか？」

と、俺は、予想を提示した。数字読みはプロデューサーとしての必須能力だ。

「あら、予想されちゃった。それじゃあ、売り上げを発表するわね」

みとせ先輩が少しだけ溜《た》めてから、売り上げ発表する。

「『ふしぎ島のパペッタ』現在までの販売数は……じゃん！　13部。……比香里ちゃんチームの売り上げは、1300円でーす！」

「うーん……」

若葉《わかば》が、渋い顔をしている。若葉からすれば、思ったより伸びなかった、ということだろう。

だが。

「……私の創作にお金を出してくださった方が、13人もいたんですか……？」

比香里は、震《ふる》える声で言うと……。

「あ、ありがとうございますっ！」

全力で感謝の言葉を叫んだ。誰が聞いてるわけでもないのに。

だが、理解はできる。自分の初めての客。俺たちだって、最初に出たコミケで自分たちの本を買ってくれた人のことは覚えている。

同じように、おそらくその13人は、比香里の心の中に一生残る13人になるのだろう。

「13部売れたし、星も高評価……あ」

みとせ先輩が画面をスクロールすると……

「レビューが一件ついてるわね」

「え？」

そして、みとせ先輩はそのレビュー部分をスクリーンで大映しにする。

『☆☆☆　まだ粗削りなところもありますが、ほのぼのとしたいい物語でした。子供と一緒に楽しみました。　投稿者／あごだし』

「えっ……」

そう小さく呟《つぶや》いたきり、比香里はスクリーンを凝視して動かない。そして、何が起きたのかと心配になりかけた頃――

「うっ……うぇぇん……」

比香里《ひかり》は肩を震《ふる》わせていきなり泣き出した。

「ど、どうした、比香里？」

「う、嬉しくて……なんだか堪《こら》えきれなくなっちゃいました……」

なるほど。初めて作ったものが、これだけ褒《ほ》められたら、そうもなるだろう。

美しい。非常に美しい流れだ。

「——いいものを見せてもらったよ」

俺は、悪の総帥《そうすい》のように拍手を送りながら、比香里のことを素直に賞賛した。

「……湊介《そうすけ》。感想はそれだけ……？」

「ん？　どうした、菜絵《なえ》？　クリエイトバトルに負けるかと心配しているのか？」

俺がそう言うと、菜絵はなぜか「ううん……」と俯いて、黙り込んでしまった。おかしなやつだな。

「それじゃあ次は、湊介くんチームだけど……本当にいいのね？」

「いいに決まってるでしょう。なんでそんなこと聞くんですか？」

それに奥の手まで使って、今さら引き返すわけにもいかないだろう。

「任せろ。それでは発表するぞ。とりあえず、企画書から見せようではないか。俺たちが作った作品は、これだ——！」

【媒体・タイトル】
カラー漫画16ページ（半二次創作）『Fake/Sumata night』

【販売価格】
100円

【スタッフ】
脚本　澪木《みおぎ》湊介
作画　楠瀬《くすのせ》菜絵
販売促進用コスプレ写真担当　武見千春《たけみちはる》

【企画概要】
第四次性感戦争、ここに開幕！
七人のデリヘル嬢が売り上げを競うため、七人のAV男優が召喚された——
某アニメにそっくりなキャラが出てきてエッチなことをしますが、別人です（笑）
素股だから全年齢だよ！　親御さんにないしょで購入してね！
デジタル特典・男の娘《こ》による秘蔵コスプレ写真

「比香里《ひかり》ちゃんの創作と方向性が全然違う！　完全にグレーなエロ同人誌じゃない！」

「そーすけ、えげつない……」

「は、はわっ……こ、今回は……ずいぶん大人向けっぽい企画ですね……」

みとせ先輩と若葉《わかば》と比香里、全員が明らかに戸惑っていた。

「……この企画内容で18禁でないのは詐欺《さぎ》レベルだよね……」

「やっぱりやりすぎたわ……まんま湊介《そうすけ》の言う通りに描くんじゃなかった……手が汚れた……」

俺のチームのメンバーまで俺を責めてくる。あからさまに、全員から不評だった。

「それにボクなんて、話題作りのために女装モードのコスプレ写真データまで特典に付けられたんですよ！　そういう触れ込みで食いついてくる客なんて、絶対変態しかいないんですよ！

これからしばらくは絶対Youtube動画の方にめんどくさい変態が寄ってきますよ！」

「視聴数が増えるなら、願ったり叶ったりじゃないのか……？」

「さすがにボクだってファン層は気にします！　本当はもうちょっと、カジュアルな女子大生とかOLとかから可愛いねってちやほやされるみたいなのが一番本意なんです！」

だったら、もうちょっと投稿する動画の内容考えろよな……と俺は思った。

「しかし、フルカラー16ページで１００円ははっきり言って破格だぞ。俺はこの勝負、勝ちに来たんだ。さて、みとせ先輩、次に内容の品評をしましょうか？　一応ここに、本の形式で同人誌として印刷したものがありますが、ここの全員で見ます？」

　みとせ先輩は、その同人誌のページをぱらぱらとめくってから——軽く頭を抱《かか》えて、静かに本を置いた。

「いいわ、やめときましょう……内容も、たぶんみんなが想像しているままだから……やまもおちも意味もないし……何を言っても墓穴を掘りそう……」

「わ、私もちょっといいですか……？　きょ、きょわー……」

　比香里も一応手を出してみるが、中を覗《のぞ》き込むなりすぐ蒸発しそうなほど真っ赤に染まっていた。

「あ、あとで読みます……湊介さんファンとしては……」

　そう言って比香里はパタンと本を閉じた。

「わたしからも言うけど、他のみんなは読まない方がいいと思う……」

　菜絵《なえ》が申し訳なさそうに謝っていた。若葉に至っては、汚いものを見るような目で見ていて、最初から読む気もなさそうだった。

「……まあ、君らは俺の本を否定するだろうが……売れれば正義なのだ。さあ、みとせ先輩、売り上げ発表をカモン！」

　そう、はっきり言って、本の内容は俺もどうでもいいんだ。俺が欲しいのは、勝利という結果だけ！

「それじゃあ、湊介《そうすけ》くんチームの販売数は……」

みとせ先輩は、少し溜《た》めてから、その数を発表した。

「……100部！　湊介くんチームの売り上げ額は、1万円！」

数字を聞いてから、理解するまで、一瞬時間がかかってしまった。

つまり……比香里《ひかり》チームの売り上げが1300円、俺チームが1万円。

勝った……のか？　勝ったんだな？

その結果を認識した瞬間、俺の心に湧き上がってきたものは、勝利の喜びではなく——ただひたすら、安堵《あんど》の気持ちだった。

「はああああああああああああ」

俺は、大きく息を吐き出した。

そして、だれにも聞こえぬぐらいの小ささでつぶやく。

「……やった」

奥の手まで使ったかいがあったな、とそう思った。これで、俺の尊厳は守られたのだ。

比香里はぱちぱちと拍手をしている。

「さすが湊介さんでした！　負けちゃいましたけど、楽しかったです！」

「いや、比香里こそいい勝負だったぞ！」

俺と比香里は固く握手を結んだ。これでノーサイドというやつだ。

　ぱらぱらと拍手の音が広がっていく。かくして、創造部の格付けはここに終了した。それも圧倒的大差で。これで部活内ヒエラルキーも決着して、健全な形に戻ることだろう。これからも俺が……たった一人のハイパー・クリエイト・プロデューサーなのだ！

「はははは、なかなか面白い展開だったな！　……あれ、どうした？」

　だが、そこで俺は異変に気が付く。

　なぜか、菜絵《なえ》とみとせ先輩だけが拍手をせず、やけに神妙な面持《おもも》ちをしている。その異変に、他の部員も気付いたようだった。

「……いいえ。勝利は比香里ちゃんチームよ」

　そう、みとせ先輩が宣言した。

「……へ？」

　俺は耳を疑った。

「みとせ先輩、どういうことです！　1300円と1万円、どっちが大きいかもわからないんですか！　俺があんなに儲けたのに……」

　みとせ先輩は、ノートパソコンをくるりと向けて、俺に見せてきた。

「これは、数日前とあるクラウドソーシングを主目的とするウェブサイトに書き込まれていた、ある案件なんだけれど」

「これは……」

それを見せられた俺は冷や汗が出てきた。あまりにも見覚えのあるページだったから。

【急募】
漫画企画プロット&脚本執筆の依頼』　依頼人：澪標《みおつくし》
漫画のプロット制作をお願いいたします。
内容は、『Fake』の二次創作です。(ソフトエロ・R15程度)
DLサイトで販売することを検討しています。
1ページ600円から、目安は16ページほど、納期は3日間でご相談させていただけたらと思います。

「え、これって、なんですか……?」

その文章を読んだ比香里《ひかり》が、訝《いぶか》しげに先輩に尋ねる。

「……クラウドソーシングサービス。ここはね、例えば人に書いてほしい文章やプロットがあったりする時、不特定多数に向けて仕事をしてくれそうな人を公募して、文章を代わりに書いてもらったりするサイトなの」

「代わりに、書いてもらう……?」

汗が止まらなく噴き出てきた。何もかも、バレているのか?

「ど、ど、ど、どうしてこのサイトのことを、みとせ先輩が……？」

俺は少し動揺しながらみとせ先輩に尋ねる。すると、答えたのはみとせ先輩ではなく、菜絵《なえ》だった。

「……あたしが、気づいてたから。あたしが教えたの」

「菜絵？」

そこで俺は、ハッと気付いた。

「あっ、そうか！　もしかしてお前、覚えてたのか？　俺の昔のペンネーム……澪標」

「……うん。湊介《そうすけ》のことはあたしが一番よく知ってるから」

菜絵の告白。まさか、菜絵がみとせ先輩に密告していたなんて。それを聞いて俺は背中から殴られたようなショックを受ける。

「菜絵、お前……なんでこんなことを」

「だって……。ここ最近の湊介の創作には、だいたいこのクラウドソーシングサイトが関わってた。そんなことは、一目瞭然だったから。あのクソフラシツボドリルだって、アドリブ以外は他人の書いた文章だよね？　だからあたしは……こんなこと続けてたら、このままじゃ湊介がクリエイターとしてダメになると思ったの。ただ言うだけじゃ、どうせまた誤魔化《ごまか》してきっと効かないから……ショック療法が必要だと思ったの！」

菜絵は、悲痛な面持《おもも》ちでそう言ったきり、黙りこくってしまった。

「菜絵《なえ》……」

そこにみとせ先輩が、俺を優しく諭すように言ってくる。

「湊介《そうすけ》くん。さっき比香里《ひかり》ちゃんは、自分が一生懸命作った創作が受け入れられて、涙を流すほど喜んでたわよね。一方湊介くんは、このサイトを使って、自分が書かないでも創作物が出てきて、その力を借りてまで勝って……今、どんな気分？」

「俺……俺は……」

こうなったら、道は一つしかない。俺は、開き直ることにした。

「は――っはっは！」

全員が、ぽかんとしていた。この状況でなぜ笑うのか、と。

「俺、何か悪いことしたんすかねぇ？」

「……湊介？」

俺の行動に、菜絵が唖然《あぜん》としている。

俺は、大仰《おおぎょう》に手を開いて言う。

「だって、誰にも迷惑をかけてないだろ！　俺は自腹でこのクラウドソーシングの費用を払ったんだ！　文章を書くためにパソコンを使う。それと同じことだ！　俺は文章を完成させるために人を使った！　だから俺たちのチームは自分で1万円を稼いだ、それだけが事実だ！」

「みぐるしい……」

若葉《わかば》が、そんなことを言うが一向に気にならない。なんとでも言えばいい。

正々堂々としたコンペティションだった？　それなら、クラウドソーシング禁止とレギュレーションに書いていなかったのがいけないのだ。

「……そうね。湊介くん。あなたは1万円を稼いだ。それが事実。認めるわ」

みとせ先輩も流石《さすが》に認めざるを得ないようだった。

「ははは！　ですよね！　やっぱり俺の勝ちは揺るがな……」

「だから、それでも比香里ちゃんの勝ちだってことも」

「……え？」

どういうことだ。

「湊介くん、この勝負のレギュレーション、なんだったか覚えているかしら？」

「売り上げ勝負だって、俺が決め──」

「より『利益』を上げた者を勝利とする」

「はっ⁉」

そこで俺は気が付いた。まさか……。頭の中で計算してみる。

「経理上の【利益】というのは……売上高、とは違うでしょ。湊介くんはクラウドソーシングにかけた費用をまだ計上してない。この条件だと、１ページ６００円で16ページ。つまり、外注への依頼に最低９６００円はかかっているはず」

みとせ先輩は電卓をいじりながら、こちらに差し出してみせた。

「湊介《そうすけ》くんチームの利益は、1万円から9600円を引いた、400円。つまり、やはり比香《ひか》里《り》ちゃんチームの勝ちとなるわ」

それを言われたら、俺は立つ瀬がない。

間違いがなかった。俺の財布《さいふ》からは、きっちり9600円が飛んでいたのだ。

「は、ははは、くはは……この勝負に、こんな落とし穴があったとはな」

俺はよろり、とよろめいた。

「そ、湊介さん……」

比香里が何とも言えない表情で俺のことを見ている。それは、悲しみ、怒り、そのどちらともが入ったような複雑な表情だ。

「本当ですか?」

ぽつり、と比香里は言った。

「……ん? まあな」

「他の人に頼んだのに、自分で書いたって嘘《うそ》をついてたんですか?」

「ああ、そうだよ。だが、誰かに迷惑をかけたわけでもない。むしろ依頼を発注して日本経済を回したんだ。何か不満があるか?」

比香里は、わなわなと震《ふる》えている。

「裏切りです……」

「……裏切り？　誰を？」

「私の心を……裏切りましたっ……！」

俺は驚いた。

顔を上げた比香里が、ぽろぽろ涙を流していた。

あれだけ、目に映るものすべてを肯定してきた比香里が。

……なぜだ？

理由がわからない。まだ出会って日も浅い。

「……どうしてだよ」

俺の本質など知らないくせに。

「どうして、そこまで俺を信じてるんだよ！　俺はニセモノだったんだ。それだけだ。分不相応な望みを抱いたクリエイターワナビが、金で勝負をなんとかしようとして策に溺《おぼ》れた。それだけだろう！　なのに、なんで……なんでお前が泣くんだよ！」

「違います！　私、湊介さんと勝負するのを……一緒に創作できるのを、本当に楽しみにしてたんです！　それなのに……それなのに……私は……」

比香里の言葉にならない嗚咽《おえつ》が、部室を満たしていく。

「私は湊介さんの創作がちゃんと見たかったんですっ……！」

それ以上比香里《ひかり》の言葉は紡《つむ》がれない。ただ、空気に重さだけが増していく。

「……わたしの失敗よ」

みとせ先輩が、静かにそう呟《つぶや》いた。

「湊介《そうすけ》くんが、そこまで情けないと思わなかったから」

「言い過ぎでしょ！」

だが、そのツッコミから周囲の笑いは起こらない。

「……あれ？　言い過ぎだよな？」

自信がなくなってくる。

周りのみんなを見るが、誰も俺を擁護しようと立ち上がる人間はいなそうだった。

みんなの目に浮かんでいるのは、俺に対する怒りではなかった。失望だった。

いっそ、罵倒《ばとう》してくれた方がよっぽど楽だった。

いつものように、俺の放言に菜絵《なえ》が怒って、千春《ちはる》が呆《あき》れて、みとせ先輩が窘《たしな》めて、若葉《わかば》が我が道を行って。そんな和やかな創造部の空気はもう、ここにはなかった。

だんだんと立つ瀬がなくなっていくのを感じる。

「俺だって……俺だってなあ、苦しんでたんだ。どうして、逃げただけで叩《たた》かれなきゃいけないんだ？」

——俺は、そこまで悪いことをしたのか？

「…………待ってた人がいたのに、逃げたからでしょ」

「ぐっ……」

菜絵の的確な言葉に、俺は何も言い返せない。

気付いていた。

勝負したくなかったんだ。

自分の創作で負けたのなら、笑い話にもなった。

だけど俺は――自分が渾身の力を振り絞った作品で、打ちのめされることが耐えられなかったんだ。

みとせ先輩の３ＤＣＧや菜絵のイラストは言うに及ばず。千春だってYoutubeに投稿しているし、若葉だってネット声優の仕事をちゃんと請けている。比香里は、こうやって現実に作品を作ってみせた。

つまりは、この場にいる人間で、一番ダメなのは俺なんだ。

だから、そんな俺は――

もうこの部活にいる、資格がないのだろう。

「……やってらんねー……」

俺は、ぼそりと呟《つぶや》いた。

「……そーすけ、大丈夫か？」

若葉《わかば》が心配そうに尋ねてくる。だが、余計なお節介だ。

「やってらんねーって言ってんだよ!」

俺は、あらんかぎりの大声で叫んだ。

「もう、やめてやるよ! やめてやりゃいいんだろ! 最初っから、こんな部活で仲良しクリエイターごっこなんてなあ! 無理だと思ってたんだよ! 何が同人イベントだよ、何がクリエイトバトルだよ! クソくらえ! どいつも! こいつも! クソくらえだ!」

俺は、机の上にあった紙の束類を手当たり次第に撒《ま》き散らしながら、小学生なみの語彙《ごい》でみんなを罵倒する。みんなが、信じられないものを見る目で俺のことを見ていた。

そうだ。その目だ。変に言い訳するぐらいなら、悪態をつくほうがまだマシだ。

どうせなら、完全なヒールになった方が、よっぽど未練なく吹っ切れるだろうから。

「ちょっと湊介《そうすけ》、あんた冷静に……」

菜絵《なえ》が俺を諫《いさ》めようとするが——

「うるせえ!」

俺は、手近にあったクソフラシツボドリルのゴム製3Dフィギュアを掴《つか》み上げた。握り込んだはずみに、クソフラシツボドリルの七つの肛門《こうもん》から、茶色い液体があたりに四散した。

「きゃっ!」

みとせ先輩が悲鳴をあげる。その顔に、茶色い液体が飛び散っていた。それを心配するように、千春《ちはる》や若葉が駆け寄ろうとする。

だが、一番もろにクソの直撃を受けていたのは……俺だった。その茶色い液体は、９割ほどが俺に直撃していた。

「は、はは……クソまみれじゃねえか、やっぱり」

前髪を伝って、ポタポタと茶色い液体が地面に零《こぼ》れ落ちていく。ひたすらに、惨めな気分だった。俺の身体《からだ》がゆらりと蹌踉《よろ》めく。

「湊介さん……どこに行かれるんですか？」

比香里《ひかり》が目敏く俺を見つけて言った。だから、俺は言う。

「もう二度と来ねえよ、こんな部活ごっこ」

「……湊介さん！」

比香里の叫ぶ声も、もう俺の心には届かない。俺は捨て台詞《ぜりふ》を残し、くるりと振り返ると

――


「あばよ、創造部！」

そう叫んで、ドアを激しく蹴り飛ばして開いた。

そのまま迷いを振り払うように、俺は部室を飛び出した。だが、部室からどれだけ遠く離れても、俺の心のささくれと、モヤモヤした感情は消えることはなかった。

クロハル SS

『震えるぞミート　燃え尽きるほどハード』

若葉、
しゅうだんジョジョ立ちをやってみたい！

若葉ちゃん、
ネットで何か見て影響されたわね、これ

でもあれから湊介さんも帰ってきませんし……
時間つぶしがてら、みなさんでやってみましょうか？

なら任せて。あたしが監修してあげる

10分後——

ええと……61巻のポーズは……こ、
こうでしょうか？

捻りが甘いかも。もっと腰をこうして、こう

千春は36巻ね。違う。もっとちゃんと肩を上げて！

30分後——

ぐぐ……まさか全員腰を痛めるとは……

うう、いたた……若葉ちゃん、
つぎ湿布……こっちに……

ごめん……ちょっと本気でやりすぎた……

あはは……こういうのも楽しいですけど、
なんだか物足りないですね……

湊介さん、早く帰ってきてくれないでしょうか……

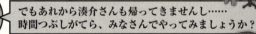

星月比香里

Hikari Hosizuki

創造部　部員プロフィール⑤

専門分野：まだわからない。初期衝動？
クラス：2-B
誕生日：7/14
身長：162cm
体重：53kg
趣味：ピアノ、クラシック音楽鑑賞、読書
好きな教科：国語、日本史（好きな時代は南北朝）
好きな指揮者：カラヤン（若葉ちゃんにイデオンと間違われました……）

第六章　ワンス・アゲイン

深夜1時。暗い部屋の中で、俺はパソコンに向かって文字を打ち続けていた。

「はひひひ……」

自分の後ろ暗い行為に比例するかのように、後ろ暗い笑みが口から漏れてしまう。

「もっと燃えろ、炎上しろ……」

今日もネットにおけるダークサイド・アタックが捗《はかど》っていた。

ダークサイド・アタック。それは、インターネットで気に入らないやつの足を引っ張る行為全般を指す。

持たざる者からすれば、持てる者の足を引っ張ることほど後ろ暗く愉快な趣味はない。俺の技術をもってすれば、twitterを利用した世論・炎上の誘導などもお手のものである。

それにしても、ただひたすらぶっ続けでネットというのも疲れるものである。喉も渇いたし、そろそろ休憩するか……。

俺はここしばらく、学校に行った記憶がなかった。この狭い空間が自分の世界で、自分程度の人間にはそれだけで充分なような気がしていた。

そして、俺が手元にあったペットボトルの水に手を伸ばしたその時。

「湊介《そうすけ》さん……」

「……ん？」

部屋の暗闇《くらやみ》から、声が聞こえた気がしたが……気のせいだろう。生まれて十七年住んでたが、ここ事故物件だったのかよ？　新事実だなおい。などと愚にもつかないことを考えながら、俺が口に水を含んだその瞬間——

「湊介さんっ……！」

「うわぶはっ！」

俺の目の前に、ぼうっと人間の姿が浮かび上がった。

動揺のあまり、気管支から水を派手にぶちまけてしまう。

「げほっ、がほっ、はっ、はあっ、だ、だ、だ、だだだ」

そして、動悸《どうき》が落ち着いてきた俺は、それがどうやら幽霊の類《たぐ》いではないと気付いて、別の意味で驚愕《きょうがく》する。

「……比香里《ひかり》？」

部屋の中に、星月《ほしづき》比香里が立っていた。いや、比香里だけではなかった。

創造部のみんなが部屋の入り口のところに立っていた。菜絵《なえ》が、みとせ先輩が、千春《ちはる》が、若葉《わかば》がそこにはいた。

恐らく菜絵が連れてきて、親父が家に上げたのだろう。余計なことを……。

「……何しに来たんだ、お前ら。負け犬を笑いに来たのかよ」

するると、比香里《ひかり》は静かに喋《しゃべ》りだした。

「湊介《そうすけ》さん、あれから十日ぐらい経ちますけれど……部活、来てくれませんね……？　いいえ、菜絵《なえ》さんによると学校すら来てないって……どうしてですか？」

「行ってないのに理由があることぐらいわかるだろ。ていうかわかれよ！　特にお前はさあ！　あんだけボコボコに俺を負かしたんだから！」

そして、俺はまたパソコンに向き直る。

「それよりこんなとこで遊んでていいのかよ。コミックタウン用の創作、できたのか？　開催は五日後だぜ」

「……やっぱり、湊介さん、気になってたんですね」

「いや、全然。ふと頭に浮かんだだけだ」

「だってコミックタウンの開催日、しっかり覚えてるじゃないですか」

「っ……!?　そ、それは……」

比香里に言われて、自分でも気が付いた。ばっちり日付を覚えていたんだ。未練なんて、断ち切ったはずなのに。

「ははっ」

逆に、笑いが出てしまった。

「湊介さん。さっきの質問の答えです。コミックタウン用の創作、できたのかって……いいえ。まだ何も作っていません。だって私、湊介さんなしでは、作りたくなかったんです。湊介さんを待ってたんです」

「……そうか。じゃあ落ちるな、原稿は」

もう、俺には関係ないことだが。

「戻ってきてください、湊介さん。一緒に、コミックタウン用の原稿を作りましょう！」

どこまでも無邪気に比香里は言った。

「無理だ。俺はもうクリエイターとして『上がり』を迎えたんだ」

俺は、静かに断言する。

「どうしてですか？」

「お前なあ！　お前が、俺にそれを言わせるなよ！　お前に負けて、俺は自分の限界に気付いたんだよ！　俺には才能はなかったし、結局、才能があるやつには何年頑張ったって敵《かな》わないんだよ！　だったら——最初から負けるってわかってる試合をやるバカが、どこにいるんだよ！」

俺は激情しながら言う。だが——意外なことに、比香里も反駁《はんばく》してきた。

「アマチュアの創作に上手《うま》い下手《へた》は関係ないって！　湊介さんが言った言葉です！」

「それは……」

覚えていた。あの坂道で、まぎれもなく俺が比香里《ひかり》に伝えた言葉だった。

自分の言葉を武器にされたら、黙るしかない。そして行き場のない感情は——涙になって、俺の眼球から止めどなく溢《あふ》れてきた。俺は目頭を押さえて悶絶《もんぜつ》する。自分がみじめだった。あまりにも。

「うう……だいたいお前ら、家まで来るなよぉ……学校では、ハイパー・クリエイト・プロデューサーとかって格好つけて、虚勢を張ってたけど……本当の俺は、今この家にいる、俺みたいなやつだぞ？　こんな、みじめなのが本当の俺だぞ？　知ってたかよ!?」

髪の毛も梳《と》かさず、髭《ひげ》も剃《そ》らず、僅《わず》かな水を片手に世間に呪詛《じゅそ》を吐き続ける、哀れな男。

「……わりと、こういうそーすけもみたことある」

「ですよねえ、澪木《みおぎ》先輩だ」

血も涙もないのか、お前らは……。

「とにかく、俺より比香里の方が才能があるんだよ。そいつがいた方が、みんな幸せになれるんだよ！」

「でも、湊介《そうすけ》さん、まだ創作がお好きなんですよね？　今だって、パソコンの画面に文章を書いてらっしゃったじゃないですか！」

比香里が、パソコンのモニターを指差した。

「うるせえ！　今、何をしてたと思う!?　アニメ化が決まったラノベの悪口をネットで書いてたんだぞ！」

俺は、開いたままになっていたAmazonのページをみんなに見えるように角度を変えてやる。

『☆1　ゴミ以下の駄文。

当方、齢《よわい》十七歳にして自宅警備員を営んでおります、星一太郎《ほしいちたろう》と申します。

驚きました。ページを開いた瞬間、自分が痰壺《たんつぼ》の中に顔を突っ込んでしまったのかと錯覚いたしました。それほどまでにくっさいくさい歯の浮くような文章が並んでおり、眼が滑るあまり、スピードスケートで日本新記録を出してしまいました。

このドーピング寸前のクソラノベに対して、星一太郎こと私が、自信を持って星一認定いたします！』

「これのどこがクリエイティビティだっ！　人の失敗する姿を見て……人を引きずり下ろして安心するような心底のクズだぞっ！　人のことを批判することで……自分が優位に立って安心してるようなゴミだぞっ！」

「そんなことないです！」

比香里が、一歩前に出る。

「湊介《そうすけ》さんは、それだけの人じゃないです」

「お前に、何がわかるんだよっ！　もう……帰れよっ！　そんな、お前らの青春ごっこに付き合ってらんねえんだよ！」

俺がそう叫んだ次の瞬間だった。

「……湊介、まだ思い出せないの？」

菜絵《なえ》が、ぼそりと言った。

「……菜絵？」

「……湊介の初期衝動、ここに持ってきたから」

そして、菜絵はばさり、と紙束を俺の前に落とした。

その標題を見て、俺はぎくりとする。

【天使くんと悪魔ちゃんの地球学会議】。

俺が、ライトノベルの新人賞で一次を通過した時の原稿である。菜絵のやつ……コピーをいまだに保管してたのかよ。

「……はっ。いまさら、こんなものを俺の前に出してどうするつもりだ？　まだ信じてるのか？　俺が新しい小説を書くって？」

「あたしは、待ってるから。湊介が新作を書くのを」

菜絵は確信を込めた表情で言う。いつまで、同じことを菜絵は言うんだ。その期待に応えることはできないっていうのに。

「生憎《あいにく》だけどな。その期待がつらくて、俺はずっと逃げ続けてきたんだよ！　どうして、クラウドソーシングなんかに頼ったかわかるか？　俺はここ二年、一度も自分一人で企画や脚本を完成させたことがないんだよ！　一年何も書いてないと、一日ごとにさらに書けなくなるんだ。それで、とうとう俺は創作始めて二週間の比香里《ひかり》にさえごぼう抜きにされたんだ」

「……ごぼう抜き？　違うじゃん。湊介……何もしてなかっただけじゃん。湊介、陸上だったらレーンにすら立ってないじゃん。ラノベの賞で一次通過することがドーバー海峡を渡るぐらいだとしたら……ずっと準備体操してただけじゃん！」

臆《おく》することなく、涙目になりながら、菜絵は俺に詰め寄ってきた。その顔が、今まで見たことないぐらい目の前に近づく。

「……どうした菜絵。製氷機女が柄にもなく激怒して……キャラ崩壊してるんじゃないのか？」

俺がへらへら笑いながらそう言った瞬間だった。空気を切り裂くようなパシーン、という高い音と共に、俺の頬《ほお》が強く張られた。その後から、じわじわと痛みが襲《おそ》ってくる。

「……痛え」

顔を戻すと、菜絵が泣きそうな顔で、赤くなった掌《てのひら》を宙に置いたままにしていた。

「とっとと帰ってきてよ、馬鹿湊介！　いつまでそんなふうにぼけっと突っ立ってるの!?　あんたは……」

菜絵《なえ》は、涙を赤くなった掌《てのひら》で拭《ぬぐ》いながら、叫んだ。

「あたしが待ってる湊介《そうすけ》は……そんなんじゃない！」

そう言い終わって数秒後。感極まったのだろうか。菜絵は顔を赤く染めると、後ろを向いて、部屋から駆けだしていった。

「クソッ、痛えなあの野郎……」

俺は頬《ほお》を押さえる。叩《たた》かれたところが、まだひりひりして痛い。

「湊介さん……」

心配そうに比香里《ひかり》が声を上げる。

そこで俺は、部員のみんながまだ俺を見ていることに気が付く。

「出てけよ……」

「え？」

俺は、そばにあったペットボトルの水をがしり、と掴《つか》んだ。

「出てけ、お前らも！」

「わわわっ！」

俺はペットボトルの水を撒《ま》きながら連中を追い出し、一人になった部屋に立ち尽くした。

「……ちくしょう、好き勝手やっていきやがって」

痛む頬と共に、俺はベッドを見下ろした。目の前には、菜絵が置いていった、昔の俺の原稿があった。

夢に燃えていた頃の、まだがむしゃらに小説を書いていた頃の俺の原稿。俺はそれを、やけっぱちな気持ちで、ぱらぱらとめくってみる。

「……ひでえ下手《へた》くそだな。なんで一次通ったんだ、これが」

直視しづらい。それは、稚拙《ちせつ》さ以上に——

色々なことを思い出すからだ。

当時、自分が考えていたこと。自分が投影したキャラクター。

作者にとって——キャラクターというのは、どこかにほんの少しずつ自分の血を分け与えて作る分身のようなものだ。

人によっては、そんなことはない、自分はキャラクターが勝手に動くのを筆記しているだけだ、と言うクリエイターもいるかもしれない。でも、俺から言わせればそれはただの思い込み——というよりも——血が濃いか薄いかだけの違いだと思っている。

創作というのは、たぶんあまねくそういうことだから。すべて自分の中身から絞り出すものなのだから。

だから……この原稿は、俺そのものだった。

しかも、一番眩《まぶ》しい時の——俺の血が、色濃く入っていた。

「……くそっ」

俺は、その原稿を再びベッドの上に放り投げて、その上に俺自身も身体《からだ》を放り出した。

菜絵《なえ》の言っていたことは本当だった。思い出してしまった。

「初期衝動か……」

俺がどうして、物作りを始めたか。

子供の頃、幼稚園ぐらいの頃だ。

毎週観てたアニメの続きがどうなるか、毎週自分で作って母親に話していた。そうしたら、母はそれをすごく喜んで聞いてくれた。それから、両親に物語を聞かせるようになって……。

だけど俺の家は、両親の仲があまりよくなかった。

だから、両親が離婚しないように……毎日、両親に物語を作って聞かせていたんだ。その間だけ、二人は笑顔で聞いてくれたから。今思うと、ひどく不器用なシェヘラザードだ。その流れで、絵を馬鹿にされて落ち込んでた菜絵なんかにも、その絵を元にした物語を聞かせるようになって。その度にあいつ、目を輝かせて俺の話を聞いて……。

自分の作った話でみんなが喜んでくれるのが嬉しくて。

自分の作ったもので人が笑顔になる。

そんな些細《ささい》なことで、よかったんだ。

だけど、少しずつ歯車はずれていって。

下手《へた》なものは出せないと、儲からないものは出せないと、自分の意識に縛られるようになった。だから今さら昔に戻ってほしいと言われたって――

「もう、遅いんだよ」

俺は、もうそこに戻ることはできない。

がんじがらめになったプライドが俺を縛り付けている。

評価されることが怖い。駄作を出すのが怖い。

今さら、何もかもが遅いんだ。

俺は身体を起こした。ある一つの決意を込めて、原稿を手に取る。

「……成仏してもらうからな、昔の俺さんよ」

＊　＊　＊

あのクリエイトバトル決着の日から、早くも一週間以上が過ぎていました。コミックタウンの開催日まで、あと四日。だけど、部員の誰もが、もうその話題を口にするのを避けていました。

季節は六月も中旬に差し掛かり、初夏の日差しが、眩《まぶ》しくも切ない感じです。

私は、窓べりに腕と頭を乗せてぼんやりとしながら、また大きくため息を吐《つ》きました。昨日、湊介《そうすけ》さんの部屋に向かったものの説得に失敗したことが、まだ大きな後悔となって残っていたのです。

「はあ……」

「……比香里《ひかり》」

私を呼ぶ声に振り返ると、そこには菜絵《なえ》さんが立っていました。

「……菜絵さん……ごめんなさい、私、説得が下手《へた》で……」

「ううん。やれるだけのことはやったと思うし……」

その声に、私は救われるような気がしますが……。

「あたし、思ってたんだ。一緒に積み上げてきたあたしの声なら、湊介《そうすけ》に届くかもしれないって。でも、きっとそれは違ったんだ。今のあいつに必要なのは——」

そう言うと、菜絵さんはほんの少しだけ寂しそうな顔になって言いました。

「今の湊介の心に届くのはきっとあたしじゃなくて……まだ何も持ってない比香里の声なんだと思う」

「どういうことでしょうか……？」

「だから、次に機会があったら、その時は——」

その時でした。

校庭の方から、拡声器のようなものを通したような、聞き慣れた声が聞こえてきました。

「あー、あー、テス、テス」

「え……？　この声は……湊介さんっ!?」

「全校生徒の連中で、面白いものが見たいやつは、今すぐ校庭に出るように！」

その声に、私たちは慌てて部室から外に出て、中庭に躍り出ました。

「あっ、あれを見てくださいっ！」

私は、屋上を指差しました。なにやら動いている人影が見えます。湊介さんです。湊介さんは、なにやらゴソゴソと鞄を探っていました。

湊介さんは、拡声器を取り出してこう絶叫しました。

「はははは。集まってくれた諸君に宣言しよう！　これより、俺は！　クリエイターとして引退するために、『黒歴史破壊フェスティバル』を実行すると！」

＊　＊　＊

俺が屋上に上がってまずビビったのは、思った以上に地面から高く、かつ安全ネットなど欠片《かけら》もないことだった。

大丈夫かこの学校。二十一世紀だぞ？　生徒が落ちて死んだらどうするんだ？

俺みたいな生徒が登ってパフォーマンスすることぐらい考慮しておけ！

……そんなことを思わないでもなかったが。いや、何から何まで俺の自業自得だろと言われたら返す言葉はないのだが。

未練に綺麗《きれい》に成仏してもらうためには多少の危険は仕方がないのだ。

俺は自宅の倉庫から持ってきた拡声器を手に、下方に呼びかける。

「あー、あー。そこの諸君！　黒歴史破壊フェスティバルが始まるぞ！　興味はないか！」

ざわざわと話題になって、人が集まり始める。

「あれ、こないだ全校生徒にクソ映画を見せたやつだろ？」

「あいつ、また迷惑かけてやがるのかよ」

「ちょっと、誰か先生呼んできた方がよくない？」

そんな冷ややかな声が聞こえる。

クソッ。誰も俺の孤独を理解してくれない。

クリエイティブ活動なんかを始めてしまったばっかりに、俺は白い目で見られ、蔑《さげす》まれ、誰に認められることもなく青春を過ごすはめになったんだ。

……いや。

いたか。認めてくれたやつが。

──「本当は湊介《そうすけ》さんと一緒に、ものが作りたかったんです」

そんな比香里《ひかり》の台詞《せりふ》が、脳内でループしている。

ループしているというのは──俺自身もそれを強く覚えているということで。

だから、断ち切る。未練ごと。

そして俺は今日クリエイターとして完全に引退するんだ。

「どいつもこいつも……見てやがれ」

そこで俺は、いったん屋上の縁に座って、鞄から白い紙の束を取り出した。そのまま、拡声器で下にいる野次馬の数人に向かって大声で叫ぶ。

「これから俺は、この原稿……俺が初めてライトノベルの賞で一次を突破した、記念すべき原稿を、クソ汚いプールに向けてばらまく！」

俺の足下の校舎際には、もう何か月も水を替えていないドブのようなプールが広がっていた。ここに落ちた原稿は、読めたものではなくなるだろう。

もう、この小説のデータはＰＣ上には存在しない。この原稿がすべてだ。

だから、俺には確信があった。これを消せば完全に俺の初期衝動の火は消える。

「これは、クリエイターとしての俺の、完全なる告別式である！」

俺は、結構な決意を込めて言ったつもりだった。だが、下にいる連中のリアクションは――

「んだよ、飛び降りんじゃねーのかよ！」

「あんな紙切れなんか、いくらなくなったってどうでもいいだろうが」

そんなムードがほとんどで、俺の煩悶《はんもん》は一向に理解されている気配はなかった。

……仕方ない。俺は俺で、粛々《しゅくしゅく》とするべきことをこなすしかない。

とにかくこれでもう二度と、他のクリエイターへの劣等感に苛《さいな》まれることもなければ、睡眠時間を削って身体《からだ》を痛めつけることもない。

つらい思いをしてまで創作をするといった不条理からも、永遠に解放される。

明日からどうやって生きるかな。

まっとうになった俺は、ワンチャン彼女とかもできてしまうかもしれないぞ。やったな。童貞卒業だ。童貞はつらいからな。

そんで、適当に普通の青春っぽい青春を送って。

自分に見合った大学に、進めたら進んで。

身の丈に合った、就職先を見つけられたら見つけて。

そこで出会った新卒の女の子と恋に落ちて、慎ましくも穏やかな家庭を築いて——

そんな人並みの幸せが、待っているのかもしれない。

だけど、俺は——


ああ、いかん。また、余計な『だけど』が出てきてしまった。

なんてことを考えていると、いつの間にか俺の頭上から、逆さまの顔が覗《のぞ》き込んでいた。

「……え？」

「……湊介《そうすけ》さん」

比香里《ひかり》だった。比香里が座り込んでいる俺の背後から俺の顔を覗き込んでいたのだった。

「湊介さん！　ダメですうううう！」

比香里はそう叫びながら、俺の肩に手を当て、ガクガクと揺さぶった。

「うわあああああ！　普通に話しかけろおおおお！」

その不意打ちに、俺が握っていた原稿の手が緩む。

刹那、突風が吹いて――

「え？」

俺の手から、するすると原稿が抜けていこうとした。

「あ、あっ、俺の原稿がっ！」

俺は再度手を伸ばし――反射的に、原稿を掴《つか》もうとする。今いる場所がどこだかなんて考えずに――手を伸ばしてしまった。

「……え？」

そして血の気が引く。そう。俺は今まで、屋上の縁に座っていたのだった。

「うわあああああああ！　お、落ちっ……！」

身体のバランスを完全に崩し、頭から落下しそうになる寸前で――

「ふ、ふんっ！」

俺は気合いを入れて縁の外、一段低くなったところに原稿ごと手をついて、半逆立ちのように踏ん張った。だが、完全に半身は校舎からはみ出してしまい——俺の目に比良坂《ひらさか》の急勾配《こうばい》が、命綱なしでダイレクトに飛び込んでくる。

「ひゃあああ！　落ちるううう！　高くて怖いよおおお！」

そんな俺の姿を見て、野次馬たちも下でざわざわと騒いでいるのが聞こえる。

「おい、あいつ死ぬ気か？」

「ちょっと、先生誰も呼んでないのー？」

俺は必死で手をついて踏ん張る。いつか死ぬとしても——はっきり言って、今日は嫌だった。

「そ、湊介《そうすけ》さん！　今引っ張りあげますから！」

「ひ、比香里《ひかり》っ、頼むっ」

むんず、と比香里が俺の身体《からだ》を引き摺《ず》り、女子の非力な力で無理矢理引っ張りあげようとする。そのせいか、俺は腹をコンクリートにゆっくり擦《こす》りつけながら、現世側に戻ってくる。

「あいた、あいたたたた！」

「あ、暴れないでくださいっ！　湊介さん！」

腹の皮が、大分擦《す》り剥《む》けた気がする……。

そして五分後。屋上の縁から戻ってきた俺は、安全な場所に移り、「orz」ポーズを取っていた。その目の前には……土壇場で掴《つか》んでしまった、原稿。

「うう……原稿、捨てられなかった……」

比香里の協力もあったが——結果的に、原稿を守ってしまった。命より優先してしまった。

中庭でも、集まっていた野次馬たちが「結局またあいつのくだらねえパフォーマンスかよ」

「かまってらんねーつの」などと口々に言いながら、徐々に引き揚げていく声が聞こえていた。

幸い、先生や生徒会には通告されなかったようで、誰も来る気配はなかった。

つまり結局、今日俺がしたことは、また新しい黒歴史を一つ増やした、ただそれだけだったのだろう。

「なんでだよっ！」

俺は手に握り込んだ原稿をくしゃくしゃにしながら、顔を上げて比香里に問いかける。

「どうして……どうして捨てられないんだよっ！」

「その答えは——湊介さんももう、わかっているはずです」

比香里は俺の目を見て言った。

どうして俺は、こんなに悩んで、苦しい思いをしても——何かを作らずにはいられないのか。

まっとうな人生なんてものを引き換えにして。

自意識と承認欲求の発露だとか、自分が生きた証を残したいだとか、モテたいとか金が欲しいとか尊敬されたいとか、それっぽい理屈をこねようと思えば、きっといくらでもありそうな気がする。

だけど、本当の理由は。

俺が――クリエイターだから。

そして、創作の道を選んでしまったから。

きっと、そういうことなんだろう。

「ちくしょう……それに気付いちまったら、もうまともじゃいられねえじゃねえか」

そうしていかないと、生きていけない。そうしないと、生きる意味がない。

……どうやっても、生き死にの話になってしまう。我ながら、極端で損な体質だ。

「……比香里《ひかり》。俺、こないだ、思い出したんだよ。菜絵《なえ》にあの処女作を叩《たた》き付けられた時にさ。

俺の初期衝動を」

「わあ、聞きたいです！」

俺と比香里は、屋上の上で、お互い体育座りになって話し合う。

「俺は……俺が作ったもので人が喜んでくれる。それだけでよかったんだ。それが俺の初期衝動だったんだ」

「……湊介《そうすけ》さんらしいと思います！　私が思ってた湊介さんです！」

俺は比香里につらつらと語り続ける。

「俺……みんなみたいに、この世界にうまく溶け込めなくてさ。だけど、物を作ってるときだけ、世界とつながることができたんだ。物を作ることだけが、俺がこの世に生きていていい理由だったんだ。だからしがみついたよ！　プロデューサーになってまで！」

　俺はがっくりと肩を落とした。

「だけど、そこまでしてもやっぱり、才能だとか、時代だとか、プライドだとかが呪《のろ》いになって、がんじがらめに俺を縛り付けて――」

「湊介さんは、生きるのが不器用なんですね」

　比香里は、慈愛に満ちた声で言った。

「私もたぶん、湊介さんと一緒です」

「そうなのか？　そうは、見えないけどな。お前、すげえ力強く生きてるように見えるぞ」

「えーっ？　そうでもないです。私だって、色々悩んでるんですよ、えへへ……」

　そして、比香里は何かを追想するように遠くを見ながら言った。

「私も最近、何もかもなくしてしまうようなことがあって、すごく落ち込んでて……そんな時に創造部の映画に出会って……私があの映画で衝撃を受けた湊介さんの『クソまみれになっても、最後まであがく』って、きっとそういうことだと思ったんです」

「どういうことだよ」

「この世界のみんながみんな、理想の自分にはなれないけど……それでも、少しでも理想に近付きたいって思って、ちゃんと生きようとしているから。ものを作るっていうのは、そういう明日に近づく行為のことで。それが湊介さんの心の声だったんです、きっと。だから私、こないだ湊介《そうすけ》さんのお部屋で、湊介さんに言う言葉を間違えたんです。私が言うべき言葉は、『一緒に創作をしましょう』じゃなかったんです」

「え？」

「……湊介さんが自分で自分の重荷を背負うことがつらいんだったら」

比香里《ひかり》は、はっきりと、こう断言した。

「私のために、創作をしてください」

その言葉は、ナイフが胸を通り抜けるように、俺の心を突き刺した。

「湊介さんがものを作っているなら、それがどんなものであれ、きっと私は笑顔になれると思いますから」

——ああ。本当に卑怯《ひきょう》なやつだ。

そう言われたら、続けるしかないじゃねえか。

だって、俺の初期衝動は誰かのために作る物語で。

「湊介さんの初期衝動の火は、まだ燃えていますよね？」

俺はやけくそのように言う。

「燃えてる……燃えてるよ！　決まってるよ！　ボーボーだよ！　ふざけんじゃねえよ！」

だけどそれはたぶん、きっと酷《ひど》くつらく、険しい道だ。

俺は、涙を隠すように顔を手で覆《おお》いながら言う。

「……お前、そうとうきついこと言ってるぞ？」

「わかってます」

「俺には才能がなくて、それでも……続けろって言うのか？」

「それでも、湊介さんはいいって言うはずです」

「その業《ごう》を、俺に背負えと？」

「もちろん。私も一緒に、背負うつもりですから！」

そして、比香里は俺に向かって手を差し伸べる。

滑稽だよな。

生きるために創作をするなんて、理解できるか？

だけど、誰にも理解されなくても、俺たちにとって創作っていうのは、そういう行為なんだ。

そんな俺の孤独を——

俺と同じ創作者の業を背負ってくれると言った、今、目の前にいるこいつなら、わかってくれるのではないか？

そんなことを、思ってしまった瞬間——


とくん、と心臓が動いた。

まるで初めて動いたみたいに、俺の中で強く揺れ動いた。

……これは何だ？

そこで俺は——比香里《ひかり》の差し出した手をようやく掴《つか》んだ。


「ぱちぱちぱちぱちぱち」

その瞬間、遠くから拍手がまばらに聞こえた。

俺が屋上の扉の方を見ると、そこには見慣れた顔がいくつも並んでいた。

「……はなしはきかせてもらった」

「澪木《みおぎ》先輩、待ってましたよ！」

一年生二人が、俺を持ち上げる。

「あたしも……待ってたし」

菜絵《なえ》が満足そうに微笑《ほほえ》んでいる。

「うんうん。そして、コミックタウンの開催日まで、あと四日よね〜」

みとせ先輩は一同に振り返る。

「いまからやってまだ間に合わないことはない、わよね？」

その声に、みんな一様に、気持ちのよい返事を返した。

「「「はい！」」」

「今から、脚本を書いて、キャラデザして、CGを作って……うん、なんとかなるかな」

菜絵《なえ》は、みとせ先輩の言葉に納得したように頷《うなず》く。

「……みんな、いいのか？　今から始めても、突貫工事だ。ボロボロになるぞ？　本当に、目も当てられない黒歴史ができるぞ？」

「……創造部活動原則」

みとせ先輩がしれっと言う。

「黒歴史を恐れてはならない」

便利な言葉だよな、まったく。あの原則を最初に考えた連中は本当に意地が悪くて——そして的確だ。

だから、目印なしで進むよりは、ずっとましだ。

「あ！　そういえば、比香里《ひかり》ちゃんが最初に出した企画が、まだ残ってるんじゃない？　『春風のエトランゼ』！　あれを漫画でやったらいいのよ！」

みとせ先輩が、うきうきしながら言う。まあ、普通に考えたら勝負に勝った比香里の作品を部活として作るのは自然な流れだろう。

「何ページぐらいでまとめるつもりなんだ？」

俺が問うと、菜絵がしばらく考えてから答えた。

「とりあえず、ページ数としては、16Pを目安にネームを切ってみる。急げば間に合うと思う。

ペン入れとかは千春《ちはる》とか若葉《わかば》とか全員に手伝ってもらえば」

四日間で、コピー本16P。

それが、俺たち創造部に課せられた、比香里を含めた全員でこなす、最初にして緊急のミッション。決して簡単ではないが――諦《あきら》めるレベルでもない。

「あー、あと現場指揮をする役が必要よねー」

みとせ先輩は、ウインクしながらほとんど棒読みみたいに言った。その意図に気付いて、俺は思わず笑ってしまう。

「……しょうがねえな」

俺は、ゆらりと立ち上がる。

――クソまみれになっても最後まであがくという、アドリブで出たあの言葉が俺の本質だと、比香里は言った。それが本当かどうか、俺にはまだわからない。だけど――やれるだけのことはやってみようと、そう思った。

「この、ハイパー・クリエイト・プロデューサーの俺に、ついてこいお前らっ！」

精一杯強がりながら、それでも今までと同じ、いや、それ以上の気合いを入れて俺は言う。

その様子を見て、比香里がにっこりと微笑《ほほえ》んだ。

「はい！　さあ、みなさん……創作を始めましょう！」

エピローグ　クロハルユース・ノーリグレット

俺たちは、夕暮れの中を電車で帰路についていた。

電車の窓をこするオレンジ色の光が車内に差し込んで、随分とセンチメンタルな感情を喚起《かんき》させる。

ほとんど貸し切りみたいになっている車両の中で、俺の右肩に寄りかかるようにして、菜絵《なえ》が寝ている。向かいには、千春《ちはる》とみとせ先輩と若葉《わかば》が寄り添うように眠っている。

「徹夜明けだから……みんな寝てるな」

あれから四日かけて作品を当日完成させ、ギリギリで滑り込んだコミックタウンのイベントは、つつがなく終了したのだった。

つつがなくの定義にもよるが。

俺は、手元の紙袋の中の在庫の山を見て言う。

「……ボロボロだったな。しかも、30冊作って8冊しか出ていかなかった。利益を度外視して無料配布にまでしたのに」

俺は気まぐれに1冊だけ、俺たちが作り上げた本を手にとって見る。

「……ひでえもんだ」

ストーリーはしっちゃかめっちゃか。絵は荒れている。コピー本のホチキスのとめ方すら雑に見える。

俺は──

「俺はまた、黒歴史を作ってしまったのか？」

現在進行形で黒歴史が生まれるというのも変な感じだが、俺が定義する『黒歴史』なら、これから明日以降徐々に、俺はこの作品が存在していることが恥ずかしくなって、この世から抹消したくなるはずだ。

事実、今では俺が読み返すことすらできなくなったいくつかの過去作のように。

「いいえ、黒歴史なんかじゃないです」

すると、俺の座席の左隣から声がした。

そこには、比香里《ひかり》が微笑《ほほえ》みを携えて座っていた。夕日を浴びるその姿はまるで、絵画の中の女神を想起させた。

車内で起きていたのは、比香里と俺だけのようだった。

「……そうか？　相当ひどいぞ、これ」

俺は、いくらかページをめくって、実際に比香里に向けて見せる。

比香里は、クスクスと小さく微笑んだ。

「もしかしたら、これからもっといいものを作ったら、恥ずかしいって思うのかもしれないですけど……でも、今この瞬間は、すべてが私にとっての宝物なんです。たぶん、私たちはこの先もいろいろ迷ったり、悩んだりすると思うんですけど、あの坂道で、私の初期衝動が生まれた日を忘れるなって湊介《そうすけ》さんが言ってくれたみたいに……できれば、湊介さんもこの日のことを覚えていてください」

比香里《ひかり》が、すっと右手を前に出した。また空《から》のピアノでも奏でるのかなと思っていると――

その手は静かにそっと、俺の左手に重ねられた。

そのまま比香里は、そっと俺の手を握った。

柔らかな肌が、胸を締め付けるような緩さで俺の心臓に刺さる。トクン、と鼓動が高鳴った。

「今日の私、すごくドキドキしてます。みなさんと始めて、一緒にものを作って、それが8冊も買っていただいて、夢みたいでした。だから、覚えていてください。今日ここにいる私が、とっても嬉しかったこと。いつか黒歴史になっても、それが私たちの青春だったこと」

「黒歴史でも青春だった、か。それは……なんだかいい言葉だな」

今、また心臓がトクンと音を立てたのを感じた。

「本当に、夢みたいだ」

結局――あの時、屋上で比香里の手を掴《つか》む直前に俺の心臓を動かした感情の名前を、俺は正面から見ないことにした。

きっと、この感情を俺はいつまでも、見ないふりをし続けるんだろう。

なにもかも、夢なんじゃないかと思えてくる。

だけど、現実だ。

ここで俺は、悩みながら、迷いながら、ものを作り、恥を積み重ねながら、生きていくんだ。

なんだかそれは不格好な青春の匂いがして。

理由もなく、俺は涙が出そうになった。

あとがき

小さい頃から、あらゆるサブカルチャーが好きで、良識ある大人に眉をひそめられながら、無駄な知識ばかりを必死に身に付けてきました。そのまま気が付いたら大人になって、クリエイターになって、いまだにそういうものを愛し続けています。

そんな自分が今回書く物語は、サブカルチャーだけでなく、ハイカルチャー、ネットスラングなど、人類の文化全部乗せのいわばカルチャー・バーリトゥード（なんでもありの格闘技）であり、同時にそれらの文化を愛するプロアマ問わない全てのクリエイターたちに対する賛歌でもあります。

かつて自分が通ってきた道を慈《いつく》しむようになぞりながら、不器用な青春を描くことで、何か大切なものを掴《つか》んでみたい。掴めるんじゃないかな？　そんなことを考えています。

……とまあ、そんな作品なので、一体いくつの既存作品や小ネタ（ヤバそうなとこ以外できるだけ固有名詞そのままで）を作中に引用したことやら……ガガガ文庫の懐《ふところ》の深さにマジ感謝です。もっとも、本作中での個別作品への見解などは登場人物たちのものであり、砂義《すなぎ》個人の見解とは微妙に異なることもご了承ください。本当本当。だって僕は出てきた創作物全部愛してますからね。毒が強い？　毒はあっても愛はあるんですよ！

てなことで、改めて名乗ります。砂義出雲《いずも》という作家です。

三年弱ぶりぐらいの新刊になります。この三年で色々ありましたが、なんというか帰ってこられたなーって感じです。しがみついてみるものですねえ。

本作が出るにあたって、たくさんの方にお世話になりました。このどこから見ても痛々しい物語を、美麗で可愛《かわい》いイラストで中和してくださった、イラストの冬馬来彩《とうまきさ》様。相も変わらずダメ作家な自分を今回も引っ張っていただいた、担当の星野様。最高にキャッチーな帯コメを書いてくださった、丸戸史明《まるとふみあき》様。その他友人作家諸氏など、お世話になったすべてのみなさまに感謝を捧げたいと思います。

この作品で初めて砂義という作家に触れた方。だいたいこんな感じの作家です。基本ふざけてるんですが、十回に一回ぐらい真面目なことを言います。そのテンションの落差で「何考えてるかわからない（ソフトな言い方）」と誤解されがちなんですが、基本的にはいいやつだと思います。お気に入りいただけましたら、今後ともなにとぞ、よろしくお願いいたします。

最後に、砂義の新刊を長らく待っていてくださった方。

なにぶん生きるのが下手《へた》なもので、ちょっと三年弱ぐらい迷子になってました。すいません。それでもなんとか、お陰様で帰ってくることができました。再出発に際して、この物語にもたくさんの気持ちを込めました。これからも迷子にならないという保証はないのですが、またぼちぼちやっていきますので、改めて、お付き合いいただけたらと思います。

それではみなさま、続刊が無事に出ましたら、またお会いできましたら幸いです！

GAGAGA

ガガガ文庫

クロハルメイカーズ 恋と黒歴史と青春の作り方

砂義出雲

発行　2018年3月25日　初版第1刷発行

発行人　立川義剛

編集人　野村敦司

編集　星野博規

発行所　株式会社小学館

〒101-8001 東京都千代田区一ツ橋2-3-1

[編集]03-3230-9343　[販売]03-5281-3556

カバー印刷　株式会社美松堂

印刷・製本　図書印刷株式会社

Printed in Japan　ISBN978-4-09-451723-1